山神さまと花婿どの

山《やま》神《がみ》さまと花《はな》婿《むこ》どの

向《む》梶《かじ》あうん

ILLUSTRATION：北《きた》沢《ざわ》きょう

山神さまと花婿どの

LYNX ROMANCE

CONTENTS

山神さまと花婿どの

ミノルが生まれるよりもずっと以前に建てられたという小屋は、何度も修繕を繰り返しているが、塞ぎきれない隙間から風が入り込むし、どこからか鼠《ねずみ》などの小動物も侵入するので、いつもなにかの理由でカタカタと音がしている。

雨漏りもひどく、天井から漏れる雫《しずく》のせいで床の上は雨受けの皿でいっぱいになり、そんな日には部屋の隅で膝《ひざ》を抱えるしかできない。しばらく雨が降っていないので近頃はそんな事態にはなっていないが、この小屋に寝台《ベッド》はないので、結局はかたい床の上で寒さに震えながら丸くなって寝るしかないのだ。

いつもなら日が落ちる頃には毛布に包《くる》まり隅で眠りにつくが、今日は違う。

昼間に着ていた服のまま、部屋の中心で膝を折って座っていた。日中は農作業に家畜の世話と、忙《せわ》しなく動いているので服は一枚でも耐えられるが、夜の冷え込みに、じっと同じ体勢を続ける身体が震え出しそうなほど寒さを感じていた。それでも部屋の隅に畳んである毛布に手を伸ばすことはしない。

玄関の扉が叩《たた》かれる。

閉じていた目を開けた。明かりのない部屋だが、隙間《すきま》から差し込む月明かりに薄《うっす》らとものが見える。とはいえ、必要最低限のものしかない殺風景な景色だ。

「わたしだ」

「はい」

よく知る待ち人のしゃがれた声に返事をすると、立てつけの悪い扉がギイ、と音を立てて開いた。そこから松明《たいまつ》の明かりが先に入り込み、続いて顔を見せた来訪者を照らし出す。

訪れた二人のうち、先程声をかけたのはミノルの住む村の長《おさ》で、松明を持って扉を開けたもう一人は長の孫であるジャルバだ。

長く伸びた眉《まゆ》に覆われそうな瞳で、長は待機していたミノルの顔を認めた。

「準備はできたのか」

「はい。いつでもゆけます」

「そうか」

ならばゆくぞ、と長は一歩たりとも小屋の中には入らないで背を向ける。歩き出した長の後にジャルバも続き、ミノルも立ち上がって二人の背中を追いかけた。

長年暮らしたあばら屋を振り返ることなく、小屋の脇《わき》に広がる森の中にミノルは足を踏み入れる。

満月の明かりは松明が不要に思えるほど三人が進む道をはっきり示してくれている。しかし火は獣避《よ》けの役目もあるので消すわけにはいかない。

互いに言葉もなく、粛々と進み、今度は山に入った。森の中には村人の手で作った道があったが、不帰山《かえらずのやま》と呼ばれるその山に入る村人はいないため歩きやすい道はなく、細い獣道を苦労しながら登っていく。

比較的緩やかな勾配ではあるが慣れない山ということもあり、軽く息を弾ませながら、ある程度まで登ったところでミノルは一度村を振り返る。

普段であれば誰かが起きていて、数軒くらいは明かりが灯《とも》っているが、今日はどこにも光は見えない。この日ばかりは息を潜めるようにして、皆大人しくしているのだろう。

顔を前へと戻し、先を行く長たちを追いかける。彼らが振り返ることはないとわかっているから、小さく息を吐いて項垂《うなだ》れるように視線を落とした。

山道を踏みしめる靴は、土埃《つちぼこり》や泥だけでなく、家畜の糞《ふん》なども踏んでいるから汚れも匂いさえもひどい。いつから履いていただろうか。今にも底が剝がれてつま先が見えてしまいそうなほど、限界間近まで酷使しているものだ。

視線を足元から胸元まで辿《たど》っていけば、同じく襤《ぼ》褸《ろ》になった服が映る。染みついた汚れは洗ったところで落ちるものではない。生地も薄くなり禿《は》げているところや、縫い目がほつれているところもあるし、穴が開いている部分もある。本来であれば十分に使用したのだから、そろそろ雑巾にしてやってもいい頃合いのものだ。

なんともみすぼらしい格好である自覚はあるが、それもそのはずだ。今着る服はなかでも一等状態が悪いものを選んだのだから。

ひどいのは服装だけではない。朝から働きづめだった身体は埃まみれで肌の色は薄らと変わり、自覚があるほどに汗臭い。だがそんな状態でいるのにはきちんとした理由があった。

今の格好は、女で言う花嫁衣装のようなもの。今からミノルはこの小汚い身ひとつで婿に行くのだ。

何故《なぜ》、婿入りという晴れの日に、あえてこうも汚れた格好をしているのかというと、それは相手となる花嫁が不帰山におわす神さまであり、そしてミノルは花婿という名の〝生贄《いけにえ》〟だからだ。

これまで村からは、不帰山の主《あるじ》に生贄どころか、供物さえも捧げたことがない。そもそも不帰山に神が宿っていることも知らなかったからだ。

もともと作物の育たぬ厳しい冬が長引くことが多かったのだが、一昨年ほど前から乾期が続いて大地が乾いてしまい、今年の作物の収穫が著しく悪くなった。これまでどうにか苦しい時期を乗り越えてきたが、近年の不作続きでそれも限界を迎えてしまった。それは村を囲む山々も同じで、山に入っても獣は痩せ細り飢えているし、見つける実りも微々たるもので、それも獣たちと取り合うほどだ。山に食料がないからだろう。最近では村で育てている作物が山の獣たちに荒らされて、村人たちは殺気立っている。

このままでは今年の冬を越すのが厳しい。そして、どうにかその打開策がないかと、村にある数少ない文献を漁《あさ》ったところ、百年以上も前に不帰山に神が現れたという一文が見つかったのだ。不作が続いていても不帰山だけは誰も入ろうとはしなかったためその正体は明らかではない。だが、獣のような白い生き物を見かけたという話は何度か聞いたことがあった。山では真白の生き物は目立ちすぎるので生きられない。ならばただの獣ではなく神の使いであるだろう、ということで、神の存在を信じることに踏み切ったのだ。

村人たちはその慈悲を受けようと願い、供物の相談をしに男たちが隣村に話を聞きに行った。すると、山の神は女神であると噂《うわさ》を聞いたそうだ。それは不帰山にも当てはまることなのかわからなかったが、なにせ不帰山の主《あるじ》についてはなにも知らない。そのため、皆は噂を信じることにした。

山の神は女神であり、そして醜女《しこめ》であるともいう。そのため供物はより醜いものを、嫌われる者を好むという。——結果、ミノルが適任となったのだ。

醜いものならばなにも人間でなくてもよいだろう、という話もあった。しかし村は今恵みを、とくに今にも干からびそうな川を潤す雨を切に望んでいる。強い願いにはそれに見合ったものを用意する必要があり、だからこそ村人から贄を捧げる必要があるのだ。

人身御供《ごくう》である事実に代わりはないが、それではあまりにも生々しいという理由で、山の神が女神であることを踏まえて彼女に婿入れをする〝花婿〟と称されたというわけだ。

前を歩く長の後をぼんやりついていくと、不意に立ち止まったのでぶつかりそうになり、慌ててミノルも足を止めた。

「——ここだな」

長く溜息《ためいき》をつくような長の呟《つぶや》きを聞き、顔を上げる。

目の前には、山の神が住むとされる神樹が聳《そび》えていた。

不帰山の中腹にある大樹は、この一本だけが飛び抜けて高く立派だ。遠目からでもわかるほど力強く、どこか荘厳な雰囲気がある反面、すべてを受け入れてくれそうな優しさも温かさも感じさせる不思議な大樹である。

こんなにも近くに来るのは初めてだ。少し屈《かが》めば入れそうな、大きな虚《うろ》があることを知った。中は真っ暗で見えないが、入り口となる穴の大きさからして人が入れるほどのゆとりがあるのではないだろうか。

木の先端を見ようと仰いだ首が痛い。知っているつもりになっていたのに圧巻されるほどの巨木で、無意識に一歩後じさる。

「ミノル」

長の声に、はっと我に返った。

「よいな」

「――はい」

ミノルはその場にしゃがみ込み、土の上ということも気にせず大地に膝を折って座る。見落としていた小石が薄い生地越しに脛《すね》を刺すが、そんな痛みはない振りをして両手を地面につける。

額が地に触れるほど深く、頭を下げた。

「今まで大変お世話になりました。そのご恩、これよりお返しいたします」

「ああ、期待しているぞ」

胸の下にある手でぎゅうっと拳《こぶし》を握る。すぐにそれを解いて顔を上げると、長はもうミノルを見てはおらず、神樹を眺めていた。けれどもジャルバだけは、ただ真っ直《す》ぐにこちらを見たままだった。

彼はなにかを言いたげに一度口を開いたが、結局なにも告げることはなかった。

「ジャルバ、我らは村へと帰る。山神さまから早く火を遠ざけるのだ」

神樹から振り返った長はこれまで歩いてきた道を戻っていく。ミノルの脇を通るときでさえ、視線のひとつも向けることはない。ジャルバも後に続き、二人は松明の明かりを伴いながら遠ざかっていく。

山の神は火を嫌う。火は、山のすべてを燃やしてしまうからだ。

だから山の神は火のあるところには姿を現さないという。松明を手にするジャルバと長は初めからすぐに立ち去ることになっていた。

ついに明かりは完全に見えなくなり、残ったのは少しだけ物悲しく思える月光だけ。

森は静かだった。獣かなにかが動き回る音が聞こえるが、他にはない。今夜は風すらないから、木々が囁《ささや》くような葉の擦《こす》れる音もなかった。それが心を冷たく撫《な》でる。だがそれこそが自分を励ましてくれているような気がした。

――もう、後戻りは許されないのだと。

本来ミノルは村の人間ではなかった。異国からの旅人であったという両親が村に立ち寄った際、身重だった母が村で赤子を出産したのだ。そして赤子はこの国の呼び名とは違う〝ミノル〟と名付けられた。

母の体力の回復を待ち再び旅に出るつもりが、二人は不帰山の麓《ふもと》で雷に打たれて亡くなってしまったのだという。

そのとき、村に預けられていたミノルだけが生き残った。しかしまだ首も座らない赤子で、村の人たちはさぞ残された厄介者に困らされたに違いない。

山に置き去りにでもすれば獣が食らってくれただろう。そうすれば手のかかる赤子を手放すことができたはずだ。旅の途中の大人に一時の場所を提供するのと、一人で寝返りすら打てない赤子を育てるのでは、負担はまるで違う。村も豊かであったわけではないし、たとえ小さな命を見捨てたとしてもその判断も致し方ないことで、誰も責めることはない。

しかし村人たちは、順番を決めてそれぞれの家で預かってミノルを育てることを選んだ。働けるようになれば仕事を与え、長らく人が住んでいなかった古い空き家を——居場所を作ってくれた。今でも家家の手伝いに回ってどうにか食いつないでいるようなものではあるが、最低限の生活は保障されていたのだ。

可愛《かわい》がってもらえたわけではない。愛してもらえたわけでもない。皆が疎んでいたことを知らないわけでもない。しかし村人たちはミノルにとっての親で、恩人だ。彼らのおかげで獣の腹に収まらずここまで生きてこられた。

たとえ体《てい》のいい厄介払いを兼ねた生贄にされたとしても、彼らを恨む気持ちはまったくない。それよりも自身が選ばれたことに少しだけ安堵《あんど》しているくらいだ。

今のままでは自分のことで精一杯で、村に恩返しするほどのゆとりはなかった。ましてや十八年分だ。それほど膨れ上がった恩をどう返せばよいのだろう、どうすれば村の皆の足を引っ張らずに済むだろうと、眠れない夜はいつも考えていた。そんなときに山の神の存在が知れたのだ。

異国の者を象徴する黒い髪に黒い瞳、彫りの浅い顔。同年代の男どもは皆背が高く、がっしりとした筋肉がついているというのに、ミノルは女の中に頭が埋もれるように背が低く、力がないわけでもないのに身体はひょろりとしたままだ。今年で十八歳の成人となったが、自分の畑も持たず、そんな頼りない外見の男に嫁ぎたがる女がいるわけもなく、生涯独り身であろうことはわかっていた。両親も他界しているし、親しい友人すらいないのだから、自分一人がいなくなったところで悲しむ者などいはしない。

そんなミノルであったからこそ〝山神の花婿〟にぴったりだったのだ。

山の神の望むような存在であり、かつ村人たちも心の傷が少なくて、ミノル自身も望み続けた恩返しができてしまう。一石二鳥どころかそれ以上の結果になる。

それならば、喜んでこの身を捧げよう。

目の前に聳えたつ巨木を見上げる。大きな虚のあるこの大樹は、山の神の寝床ではないだろうかと村の誰かが言っていた。だからここで山の神を待つことにしたのだ。

首が痛くなるほど神樹を見上げながら膝を折り、地面に手をついて深く頭を下げた。

(――村に加護をお与えください、我らが女神よ。麗しき君よ)

ない知恵を振り絞って精一杯に考えた、山の神への口説き文句。余計な想いが溶け込まぬよう、何度も何度も、ただそれだけを心の中で繰り返す。

(そのためにあなたさまが好むこの身を捧げます。ささやかなものでもいいので、加護をお与えくださ い。せめてこの冬を越せるだけのものを。どうか、お願いします。どうか)

応える者はまだいない。それでも構わない。

人などちっぽけなものだと証明するかのような大木の前で、ただでさえ貧相な身体をさらに縮こませ願う。

(村に加護を。どうか、どうか――)

掌《てのひら》に張りついた土を巻き込みながら拳を握る。震えそうになる喉に力を入れて唇を嚙《か》みしめる。

――ふと、空気が変わった気がした。何者かの気配を感じて顔を上げようとしたところで、声がかけられた。

「去《い》ね」

山の神がやってきたのかと思ったが、それは低いながらもよく通る男の声だった。頭を伏せているせいで彼の正体はわからないが、その言葉からも、かたい声色からも、拒絶していることだけははっきりとわかる。

先程の声は村人の誰でもないし、こんな夜更けにわざわざ山入りする者もいないだろう。なにより、彼が訪れたことで変わった周囲の空気を思うとするならば、今そこにいるのは山の神に連なる者——。

「お、お願いします。山神さまに会わせてください。どうしてもお伝えしたいことがあります」

緊張からか、男の苛立《いらだ》ちを感じて張り詰める空気に恐怖してか、声が震える。しかしなんとしても山の神からの加護を得るため、謁見《えっけん》を願った。

「去ね、人間。目障りだ」

だが男の態度が変わることは一切ない。

「それはできませんっ！　お、れは——……」

このままでは山の神に会う前に追い返されてしまうと、食い下がろうとしたミノルは咄嗟《とっさ》に顔を上げてしまう。そうして瞳に映ったその姿に、言葉を忘れて息をのむ。

目の前にいたのは真白な毛並みを持つ大きな狼《おおかみ》だった。

「あな、たが……？」

「まさか本当に噂を信じていたとでも言うのか。だとすれば残念だったな、おまえたちの美醜で計ることができずに。なによりおれは男だ。婿など、贄といえどもいらぬわ」

間違いない。この白い狼こそ、山の神なのだ。

呆《ほう》けるミノルを鼻で笑ったその姿は、聞かされていた醜いもの嫌われ者を好むという醜女でも、ましてや人に似た姿ですらない。

全身を覆う真白の毛先は闇に染まらず、わずかな明かりにもぼうっと暗闇に映える。ミノルを睨《にら》むその瞳は、映るものすべてを見透かしているように真

っ直ぐで、偽りを許さないような厳しさを持っており、穢《けが》れを知らぬような清廉に澄み渡っている。

薄く差し込む月光の下でまみえた山の神は、とても美しかった。

見たこともない蒼《あお》い色の瞳に思わず見入っていると、視線を煩わしく思ったのか、白狼の形をする山の神が不愉快そうに眼光を光らせ目を細めた。

「己の身が役に立たぬとわかったのであれば、とっとと去ね。人間など食わん。よくもまあおれを知りもせず貢物を寄越したものだ。不愉快だ、消えろ」

取りつく島もない底冷えするような声音に、視線に、びくりと肩が震えてしまう。すでに山の神の機嫌を損ねてしまっているようで、ここからどう挽回《ばんかい》すればよいか懸命に頭を働かせる。だが答えなど出るはずもない。

だから拳を握り、これまでそうして待ち続けたようにただ一心に願いを口にした。

「――か、帰りません！　村に山神さまのご加護をください。このままでは冬を越せず、村のみんなが飢えに苦しみながら死んでしまいます！　お……わたしのことはどう扱っていただいても構いませんので、どうか、どうかご慈悲を……っ」

額を地に擦りつけるように再び頭を下げながら、思いが伝わるよう声を張った。しかし無情にも山の神の気配は遠ざかる。

顔を上げその姿を瞳に捕らえれば、機嫌悪そうに尾を低く揺らしながら神樹の虚へ向かっているところだった。

遠ざかる姿に手を伸ばしたくなる衝動を堪《こら》え、唇を噛みしめまた頭を下げる。

声で願いを口にしながら、頭にちらつくのは長の言葉。

『期待しているぞ』

きっと、山の神の恩恵が村へ降り注げば、長は喜んでくれるはず。皆も自分の存在を認めてくれる。ありがとうと、そう言ってくれるはずだから。

　だから、惨めに震える声音でも構わず山の神に願いを伝え続けた。


　山の神が虚から顔を出したのは、辺りが薄明るくなってからだった。

「お願い、です。山神さまの恵みを――」

　昨夜から同じ体勢で言葉を繰り返し、ひどく喉が渇いていた。今にも乾き切った口の中で舌が張りつ いてしまいそうだ。声も耳障りなほどに掠《かす》れてしまっている。

　身体は限界だった。それでも山の神の目を自分に向けてもらうためにも、この覚悟を伝えるためにも、ただひたすら慈悲を乞うことを止《や》めるつもりはない。ここで諦めるわけにはいかないのだ。


　主の目覚めに合わせて集まり出した獣たちに声をかけていた山の神は、それを終えると、小さな溜息とともにミノルを振り返る。

　近づいた山の神の気配に、ミノルは身をかたくして声を上擦らせた。

「ど、どうかお慈悲を」

　ようやく、少しは興味を抱いてくれたのかとわずかな希望を抱くも、山の神が告げた言葉はミノルの望んだものとは正反対だった。

「哀れな男だな」

　冷たく蔑む声音が胸の奥まで突き刺さる。

　願いを伝えるのも忘れて頭を真っ白にさせていると、その様子を眺めた山の神は言った。

「――貴様に問おう。何故、村のためにとそうまでできる」

「え……？」

「見たところによると、貴様はあの村の者の血筋ではないな。その名もここの者どもがつけるような音ではない」

教えたはずのない自分の名のことまで出されて驚いたが、彼が神であるならばそれも不思議ではないのだろう。

「それにその容姿だ。それは東の地の者が持つもの。村人と言いながらも結局はよそ者の貴様が、命を懸けてまであの村に尽くす意味などないと思うが」

唐突な質問の意図を知り、ようやく納得がいった。そしてこんなときなのに初めて、自分の両親がどこからやってきたのかを知る。

東の地。もしかしたらそこが、自分が本来住んでいるはずの場所だったのかもしれない。

だが、たとえそうであったとしても今は違う。

「確かに、村の誰とも血は繋《つな》がっていません。旅人だった両親は村に立ち寄っただけで、本来はどこの者かも知りません。でもおれは両親が亡くなった後、村のみんなに育ててもらいました。だからその恩に報いるのは当然です。血筋は違うとしても、おれだって村の人間なんですから」

寝不足と疲労に頭痛さえ覚える頭でも、するりと言葉が出た。だからこそ迷いなく言いきったつもりでいた。

しかしその思いこそが正常な判断を奪い結果妄信的になっていると、山神は初めから気づいていたのだ。

「貴様は本当に山神の花婿になると思ってここに来た阿呆《あほう》ではあるまいな？」

「……ちゃんと、意味はわかっています」

花婿とは単なる隠れ蓑《みの》であって、実際は山の神への供物。生贄である。いくら教養がなくとも、話を持ちかけてきたときの長の普段は出さない優しい声を聞けば、なんとなく察しはつくものだ。

理解をした上でこの場にやってきたミノルを、山の神は鼻で笑った。

「ふっ、体のいい厄介払いではないか。育ててもらったと言うが、その貧相な身体を見る限り、大して面倒をみてもらったわけではないのだろう。それに貴様が宿すその東の者特有の黒の瞳と髪。こちらでは忌み嫌われる色ではないか。なにかと疎まれたのではないのか」

山の神は無遠慮にミノルの身体を眺めた。

骨ばかりの細い身体は風に吹かれてしまえば飛ばされそうなほど頼りない。自分が見てもそう思うのだから、他者の目から見たならばなおのこと惨めなものであるのだろう。そしてミノル以外、村では誰一人として持っていない黒い髪も瞳も、山の神の言う通り不吉だと、無理矢理切られたときもあった。

言い当てられて言葉に窮する。だが否定したくて必死に言葉を探した。

「そっ……それでも、ちゃんと食べさせてもらえたし、寝る場所もあるし――」

「確かに、貧しくとも幸福はあるだろう。だが、貴様の顔はそれを感じているようには見えないな」

胸を抉《えぐ》るような山の神の言葉に唇を噛みしめる。

「ただの捨て駒《ごま》だろう。都合のいいように使われ、その身に現れているような仕打ちを受け、何故なおも村のためにと言えるか理解できんな。――いや、口先だけならば頷《うなず》ける。そう言いながらも心の内では、本当は村の連中への恨みで――」

山の神の言葉は途切れ、代わりに息をのんだ。

彼を真っ直ぐに射抜くよう見つめていたミノルは、これまで堪えていた感情を、目の前にいる白狼の姿をする神へ叫ぶ。

「あなたにはわからない……！　あなたは神で、たくさんの人に求められている……村のみんなからも、山の動物たちからも！　それなのに初めて必要とされた、ようやく求めてもらえたおれのこの気持ちがわかるものかっ」

突然の大声に驚いたのか、山の神は三角の耳をぴんと立てて肩で息をするミノルを見つめる。しかし本当に驚いているのか、狼の表情はわからない。それどころか蒼い瞳は冷静なままミノルに向けられているような気もする。

それがなんだか腹立たしい。神であるから、すべてがわかるというのか。いいやわかるまい。わかるならば自分はこうも腹立ってはいない。

一度として自分という存在が必要とされたことはなかった。いつだって持て余されていた。ましてや期待などされるはずもなかった。

そんなミノルが生贄に選ばれたとき、長が初めて期待していると言ってくれた。村の皆が、ありがとうと言ってくれた。短いその言葉に、どれほどこの心を熱くしたことか。

たとえどんな惨《むご》い頼みだったとしても、迷いなくふたつ返事で頷いた。ようやく自分という存在に価値が生まれるのだから嬉《うれ》しかった。この命で自分の存在を認めてもらえるなら、いてよかったと思えるなら、随分安いもの。

恨みなんて、そんなの抱いたこともない。

だが、胸に突き刺さった山の神の言葉がひどく痛かった。

厄介者だなんて言われなくても知っていたのだから、平然としていたかった。それなのにずたずたに引き裂かれた胸の奥から、ひた隠しにして押しつぶしてきた本音が顔を出す。

——本当は。

「本当はおれだって、死ぬこと以外で必要とされたかった……！」

恨みはない。死にに行けと言われても憎くはなかった。けれども、それでも、死ぬことで感謝され、何故かとても悔しかった。

溢《あふ》れ出した激情に、ついに耐えかねたミノルは立ち上がり、山の神のほうを見ることなくその場から走り去っていった。


「ふん……」

涙を零《こぼ》しながら去っていったミノルの背を最後まで見送ることなく顔を戻した山の神の前に、二羽の小鳥を頭に乗せた猪《いのしし》が顔を出す。

じいっと自分を見る三対の黒い瞳がなんだか居心地が悪くて、山神は鼻先を逸《そ》らした。

「あれがおまえの言っていた〝ミノル〟だろう。ただの愚かしいだけの男だったではないか」

『おろかしいってなあに？』

『ミノル、おろかしい？』

『おまえたちはそんな言葉を覚えなくてよいのだよ』

興味を持つ小鳥たちにやんわり言葉をかける猪に、言外で責められていることを察した山の神は不機嫌に尾を揺らす。

『ミノル、ないてたよ』

『まだないてるのかな』

『どこいっちゃったんだろ』

『さがしてみよう』

『あっちにいった』

『あっち、あっちだ』

「おい、おまえたち、人間なんぞに深入りは――」

軽快な言葉の掛け合いをした小鳥たちは、山の神が制止する間もなくミノルが走っていったほうへと飛び立ってしまった。

「まったく、どうしてあいつらはああも自由なのか」

どうにもうまく扱えぬ小鳥たちに溜息をついていると、その様子を眺めていた猪は言った。

『小鳥たちのことが心配ですから、我らも行きましょう』

「……それが狙いだったか」

『なんのことでしょう。やれやれ、あの子たちも困ったものですな』

今思えば、無邪気で恐れを知らずにふらふら興味のあるもののほうへと行ってしまう小鳥たちを真っ先に諫《いさ》めるのはいつもこの猪だ。

それをせずミノルの後を追わせたのは、山の神もそれに続く理由となるからだろう。

「おれは行かん。あいつらは好きにさせておけ」

その手には乗るものかとくるりと背を向けたところで、ふと無意識に耳が動いた。それから遠くで聞こえた小さな音に、反対方向へ向かいかけた足を戻して猪に声をかける。

「――おまえの思惑に乗せられるのは癪《しゃく》だが、小鳥どもは守らねばなるまい」

『それは……急ぎましょう』

山の神がなにか感じとったことに気がついたのだろう。猪も自分の予想とは別の意志が介入したことを知った。


がむしゃらに走り続けていたミノルは、地中から出ていた木の根に足を取られ、地面に飛び込むようにして倒れ込む。そのとき木の葉の下に隠れていたらしい鋭利な石が太腿《ふともも》に突き刺さり、それをやっとの思いで引き抜いた。

「はあっ、はあっ――」

全力で走ったことと痛みとで、呼吸はなかなか整わない。思いの外傷も深く、痛みも強くなる一方で、患部を押さえる指の隙間からどんどん血が滲《にじ》み出てくる。

もう動くこともできずに、その場に蹲《うずくま》った。

一度足を止めると、ほんの少しだけ落ち着きが戻ってくる。

（なにやってるんだろ――）

早く戻らなければ。戻って、山神に願わなくては。でないと村に恩恵はもたらされない。

でももし、また拒絶されたら？　もう一度ひどい言葉を投げつけられたなら――。

熱が収まっていく身体とは裏腹に、心はその分重たくなっていく。

激しい頭痛までも感じ始めたそのとき、頭上で羽ばたきが聞こえた。

それは通り過ぎることなくミノルの傍《そば》に降り立つ。

顔を上げると、二羽の小鳥がちょこんと地面に並んで、つぶらな瞳でミノルを見上げていた。

「……おまえたち、人間が怖くないのか？」

言葉がわかるはずはないが、まるで通じたかのように、小鳥たちは互いに顔を見合わせるとそれぞれ反対の方向にこてんと頭を傾けた。

まるで首を傾《かし》げるような仕草にほんの少し、心に渦巻く黒いものが薄くなった気がする。こんなときであっても、愛らしいものには癒されるらしい。

ただでさえ限界だった疲労に失われゆく血が重なり頭がぼんやりとしてくる。

不思議そうにこちらを眺めている小鳥たちを見つめ返していると、不意に彼らがきょろきょろと辺りを見回し始めた。

ミノルが異変を感じ取った頃には、二羽が肩に飛び乗ってきて、首に小さな身体を寄せてきた。

顔の両脇で小鳥が交互に鳴く。その慌ただしさに目が覚めたように身体に力が入った。

「な、なに、どうしたんだ？」

かさりと葉が擦れる音がする。

はっとして振り返ると、そこには今にも飛び掛かりそうに身を低くしこちらを窺《うかが》う、山犬の姿があった。

その隣にも一頭いて、さらにミノルを挟んで向かい側にももう一頭姿を現す。

獰猛《どうもう》な目つきと、低く唸《うな》る声に、身体が竦《すく》んだ。

「……っ」

咄嗟に逃げ出そうとしたが、足の痛みに我に返る。とても走り出せるような状態ではなく、無理に動こうとするとよりいっそうの痛みを覚えた。

怪我《けが》がなかったとしても、山犬の集団から逃れられるはずはない。抵抗したところで、たった一人で丸腰ではどうしようもないのは明らかだ。

飢える獣の鋭い眼差《まなざ》しと向かい合うが、不思議と恐怖も焦燥もなく、初めは獣と出会った衝撃に驚き高鳴った鼓動も次第に落ち着いていく。強張《こわば》った身体からも力は抜けて、残ったのは虚脱感にも似た凪《な》いだ感情だった。

(これでいいのかもしれない)

山神が食らってくれなかったとして、どのみち村に帰ることはできない。きっともうあそこにミノルの居場所は残されていないだろう。山の神がいなかったのなら仕方がないとなったかもしれないが、出会っておきながらも役目を果たせなかったのでは皆の失望は当然だ。

あのまま村にいてもなんの恩返しもできず、だが生贄として山の神の加護を得ることもできず。

本当にただの役立たずで終わるしかないと思っていた。けれどもまだ、この身体にひとつだけ使い道が残されている。

山犬に食われれば、一時でも空腹を紛らわせてやれる。生きのびる手助けができる。誰かの血となり肉となれるのなら、このまま誰にも受け入れられず朽ちるよりはましだろう。

願わくば、痛みが少しでもなければいい。これで味をしめた山犬が人間を襲うことを覚えないでいてくれるといいだなんて、身勝手に思う。

山犬たちはじりじりと間合いを詰めていき、逃げることを放棄したミノルはただその瞬間を待つ。

――この世に天国というものがあるのなら。そこで両親は、待っていてくれるだろうか。会いたかったと、抱きしめてくれるだろうか。

目を瞑《つぶ》り、震えそうになる指先をきつく握る。

ミノルが目を閉じたその瞬間、山犬は唸り声を上げて飛び掛かってきた。

いくつもの荒い息が迫ってくるのを感じながら呼吸を止める。

「キャインっ」

いよいよだと覚悟したが、突然上がった甲高い山犬の悲鳴に思わず目を開けると、真っ白な色が視界を覆った。

「え……」

それが山の神の豊かな尾だとすぐに気がつけなかった。

「失《う》せろ」

山の神が発したのはたった一言。それだけで山犬たちはひどく怯《おび》えた様子に変わり、尻尾を股の間に丸めながらさあっと逃げていってしまった。

あっという間に状況が変わり、理解が追いつかず呆然《ぼうぜん》としているミノルに山の神は振り返る。

「おまえはなにをしている！　戦わず逃げもせず、むざむざと食われる気だったのか！」

先程山犬に告げた冷静な言葉とは対照的に、怒りの感情をむき出しに怒鳴られ、びくりと身体が竦んだ。ミノルのその様子を見た山の神はさらに続けようとくわりと開いた口を閉ざし、ふいと鼻先を逸らした。

「――いや、そんなことはどうでもいい。いいか、勘違いをするな。貴様を助けたわけではない。その馬鹿《ばか》どもを連れ戻しにきただけだ」

鼻先は脇に向けられたまま、苛立たしげな蒼い瞳だけが向けられる。自分への視線に戸惑っていると、突然首元からぴぃ、と鳴き声が上がった。

山犬の一件ですっかり失念していたが、二羽の小鳥がミノルの肩に乗っていたのだ。

山の神が示す馬鹿どもというのは、この小鳥たちのことだったようで、反論でもしているのか、ミノルの肩に乗ったまま右から左から交互に囀《さえず》っている。

しばらく山の神は黙って小鳥たちを見ていたが、やがていつまでも続く鳴き声に耐えかねたのか、それを遮り命じた。

「おまえたち、早く戻ってこい！」

しかし小鳥たちはさらにミノルに身を寄せて頑《かたく》なに離れようとはしない。ミノルでは表情がわからないはずの狼の顔が苛立ったようになり、一歩踏み出そうとしたのを見て、先にミノルが動いた。

肩にいる二羽の小鳥を掌に移動させて、そのまま山の神のほうへと差し出した。

「ほら、戻りな。山神さまがいらっしゃらなかったら怪我をしていたかもしれないから、ちゃんとお礼を言うんだよ」

小鳥たちは一度ミノルを振り返ってじっと顔を見つめてから、掌の上から飛び立ち、今度は山の神の頭上へと降りた。

ぴんと立つ耳の間に並んで鎮座した小鳥たちはなんとも不敬な態度に感じるが、山の神の表情から険が消え去る。慣れているのだろう。

こんなときでもなければ、美しい色の狼と小鳥たちの姿は愛らしくつい頬が緩むところだ。

山の神の言葉はぶっきらぼうではあるが、小鳥たちを大事にしているのは、わざわざ迎えにきたことからわかる。

それがなんだか、羨ましい。

「あの……ついでとはいえ、助けていただきありがとうございました」

「おまえにとってはありがた迷惑だったかもしれな

いな」

見抜かれている。先程の叱咤《しった》も、ミノルの様子を理解した上での言葉だったのだろう。

自ら命を放棄しようとしたミノルを山の神は呆《あき》れたように鼻で笑うと、小鳥の回収も済んだとばかりに背を向けた。

そのまま歩き出した山の神を、小鳥たちが嘴《くちばし》で耳を挟んで引っ張り引き留めようとする。けれども大した力はなく、山の神の足を止めるまでには至らない。

豊かな尻尾を振りながら去りゆく後ろ姿を、ぼんやりと見つめる。とても暖かそうだと思った。自分の身体にもあんな毛があれば、今こうも寒くはなかったのだろうか。それとも心が冷えていれば、同じなのだろうか。

「生贄に選ばれたとしても、それでも嬉しかったんです」

気づけば声が出ていた。意識していない自分の行動に驚いているのに、一度出てしまった言葉はぽろぽろと溢れ出てくる。

山の神は足を止めて振り返った。すべてを見透かすような眼差しに晒《さら》されながらも、真っ直ぐにこちらを見つめる蒼い瞳を見返す。

「みんなに必要とされて嬉しくないわけがない。ようやく認めてもらえたんだ——でも、それでもやっぱり、おれだって生きたかった」

山の神にかけたはずの言葉は、いつしか彼の瞳にいる小さな自分に向けられる。

——恨みたいわけではない。捧げものとして終わることが嫌というわけでもない。

だが、押し留めていた本音が無防備に零れていく。

「本当はおれだって、生きて愛されたかった……」

絞り出した声は喉の震えもあり、ひどく弱々しく情けない。だが偽らざるすべての感情がそれに籠っていた。

おまえだけが頼りなのだと言われたのは初めてで、素直にそれを喜んだ。だがその一方で思ってしまった。

こんなことにならなければ、自分という存在は求めてはもらえなかったのか、と。

村にとって不要な存在というのは幼い頃から悟っていたからこそ、皆に好いてもらおうと馬鹿は馬鹿なりに考えてきたつもりだ。

一生懸命に働いた。泥まみれになったって、家畜の糞尿まみれになったって、自分ができることであるなら皆が嫌がる仕事だって率先して行った。けれどもそれでは足りなくて、ミノルの存在は常に厄介者としての扱いだった。恐らく、山の神の花婿という名の生贄に選ばれなければ一生あのままであっただろう。

この命を捧げる以外にどうすれば、愛してくれたというのだろうか。

足の傷口を押さえながら、気力を振り絞り立ち上がる。それだけで呻《うめ》きたくなるような痛みがあったが、歯を食いしばって一歩を踏み出した。

どこへ行こうというのだろう。それさえわからずに進み続ける。

一人ぼっちの自分を映す蒼い瞳から、ただただ逃げたかったのかもしれない。


歩き出した山の神を、頭上に居座る二羽の小鳥たちが制止する。

『やまがみさまっ、そっちじゃないよ!』

『もどって、もどって!』

構わず歩けば、両耳をそれぞれ嘴に挟んで引っ張られた。

痛みはないが、それよりも堪えたのは耳元の二重唱だった。

「ええいうるさい！　戻ってどうするんだ！」

足を止めた山の神が勢いよく頭を振ると、小鳥たちは空へと避難する。ようやく静かになったと思っても、頭を振るのを止めればまた同じ頭上に戻ってきた。

『ミノルのとこいく』

右耳の傍らにいる小鳥が答えた。

「行ってどうする。あいつから去っていったのだぞ」

『でもミノル、さみしそうだったよ』

今度は左耳のほうにいる小鳥が言った。

『かなしそうだった』

『なきそうだった』

『ないてたよ』

『ミギぎゅってなった』

『ヒダリもね、ぎゅうってなった』

要領を得ない小鳥たちの言葉を理解することを放棄した山の神は、ぴぃぴぃ囀る声を無視して再び歩き出すと、斜め後ろに猪がやってきた。

『山の神よ』

「行かんぞ」

『まだなにも言ってはおりませんよ』

苦笑する猪に目も向けず、山の神はただひとつ溜息をついた。

「……何故、そうもあの男を気にかける。人間を嫌っているのだろうが」

『ええ』

猪のきっぱりとした返答は納得がいく答えだった。遠くに人間を見かけるたび、猪は彼らを疎んでいた。何故なら彼は以前人間に殺されかけたからだ。

しかし言葉には続きがあった。

『ですが好ましき者もおります』

「それが、あいつだと」

今度は答えはなかった。しかしはっきりと否定をする彼が言葉にしないということは、つまり肯定を意味する。

人間嫌いの猪が、唯一気にかける人間――それがミノルだ。以前からその存在は聞いていたが、会うのは初めてだった。

ただ山の神に懇願するしかできず、大人しいのかと思えば、本当のことを言われて突然感情を露わに叫んで。

その正体は未だ摑《つか》めていない。一人で生きることをしようともしない未熟な精神の人間を猪が気にかけることにも納得がいかなかった。

『山の神、わたしからのお願いでございます。今回だけでいいのです。彼を助けてやってください』

それでも猪はその人間に心を砕く。

応えずにいると、頭上の小鳥たちもまた騒ぎ出す。

『やまがみさま、おねがい』

『カシコイもおねがいしてるよ』

『ミギもヒダリもおねがいするよ』

幼子の声は愛らしいものではあるが、矢継ぎ早に言われてはやかましいだけである。山の神がぺしょりと耳を下げると、それを見ていた猪は笑うように目を細める。

『それに、行かねば小鳥たちも黙りますまい』

面白がっているような猪の意図など知らぬ純粋な小鳥たちは、猪の策の手助けをしていることにも気づかずに山の神にお願いを繰り返す。

しばらく耳を伏せて耐えていた山の神だが、ついには耐えかね音《ね》を上げた。

「わかったわかった。だから黙れ」

小鳥たちはぴたりと嘴を閉ざす。

「――怪我が治るまでだ。それまで置いてやるだけであって、それ以上はない。いいな」

『ありがと、やまがみさま！』

『感謝いたします』

「あの人間を助けるのは今回限りだ。それに、もしまた食らえなどと騒がしくしようものなら即刻追い出すからな！」

『ええ、どうぞ』

我に返ったミノルは、きっとまた山の神に懇願するだろう。そう思ってのことだったが、猪の余裕はどうも崩れない。

そのこともあって、ミノルのほうへと向かう足はやけに重たく感じた。

もと来た道を辿っても、それはそれで小鳥たちがミノルについて騒いでいるので、結局は騒がしいままなことにも納得がいかない。

『ミノルどこかな』

『ミノルいないよ』

間違いなく早まったと内心で唸りながらも、血の匂いを辿り、ミノルの後を追う。怪我をした足ではそう遠くに行けるはずもなく、彼の姿はすぐに見つかった。

水不足で枯れかけている川の傍で横になり、痩せっぽっちの身体を獣のように丸くしていた。その姿からは眠っているのか、それとも気を失っているのかわからなかった。

さらに近づいて一歩離れた場所で立ち止まると、小鳥たちが飛んで、ミノルの顔に触れるほど近くに降り立つ。

二羽はミノルの顔を覗《のぞ》き込み、しきりに首を傾げていた。

意識がないはずなのに呼吸が荒い。顔色は悪く、首筋に薄ら汗を掻《か》いていた。どうやら熱を出しているらしく、ひどく苦しげな様子だ。

一晩中、襤褸の薄着のみで山にいたので風邪を引いてしまったのだろう。だがそのせいだけではないようだ。

周囲に漂う血の匂いが濃い。ミノルの怪我をした足が原因だ。未だ出血は止まっていないようで、地面が赤く湿っている。

間違いなく、このまま放っておけばミノルの命はない。今だってひどく衰弱していて、彼から感じる命の気配は確実に弱まっていた。

普段であれば山の神自身が認めた獣しか助けることはしないのだが、先程猪たちと約束をしたばかりだ。見て見ぬ振りをするわけにはいかない。

気が進まないがとりあえずはここから動かそう。微々たる流れの川だとしても、水の傍はさらに冷え込んでいる。雨風の凌《しの》げる場所に置くだけでも助けたことにはなるだろう。

どうやって運んだものかと考えた山の神が様子を見ようと顔を寄せると、不意にミノルの目が開いた。

ぼんやりとする黒い瞳は焦点が合っていない。はっきりとした意識はないようだ。しかし思わず山の神が動きを止めると、震える指先がそうっと伸びてくる。

そして、山の神の胸の辺りの毛を摑んだ。

身を引こうとすると、山の神を引き留めるようにますます強く毛を握り締める。それだけの力強さがまだ残っていたことに、山の神は純粋に驚きを覚えた。

しかしすぐに手は地面に落ち、いつの間にか黒い瞳も閉じていた。しばし投げ出されたような手を見つめていたが、もう一度動くことはなかった。

『ミノル、くるしそう』

『どうしよう、しんじゃうの？』

「命あるもの、いずれは終わるものだ」

無垢《むく》で、無知で、山の神が与える平穏の中で育ったが故か。命の終わりを知りながら、それに立ち会ったことのない若い小鳥たちは、気にかけている者が死にゆく様を見るに耐えられなくなったのだろう。

ミノルが一際苦しげな息を吐くのを聞くと、山の神の背後に控え沈黙を貫く猪の背まで飛んでいった。

東の地の血を引くこの人間は、特徴のない平たい顔と、黒い頭。白くなく、黒くもない、中間的な肌の色をしている。それが山の神の花婿として――生贄として選ばれた所以《ゆえん》だろう。

（まさか、東の者にまた会う日が来ようとはな）

そこまで考え山の神はゆっくりと瞳を閉ざし、心の中で頭を振るう。

今から死する者を何故気にかける必要があるというのか。余計な詮索はいらない。――だが。

思い返してしまう。しっかりと毛を摑んだあの手のことを。

それは山の神に気づき手を伸ばしたというよりも、今まさに手から離れていこうとする〝生〟を手放さないように留めようとしたかに見えた。

それが、この人間が真に望むものであるのだと、からっぽの掌を見つめ思う。

「――自らの死を望んだくせに、消えかかるその命にしがみつくか」

無意識に口にしていた言葉に気づくことなく、山の神はミノルの顔にそっと鼻先を寄せる。

苦しみに引き結ばれた唇を舌先でこじ開け、少しずつ、己の体液、唾液を流し込んでいった。意識のないミノルはそれを飲み込めず口の端に垂らしてしまうため、山の神は自ら舌を差し入れ喉の奥へ流してやる。

（――もし、生きたいのであれば、苦しくとも飲み込め）

そんな山の神の心の声が通じたように、ミノルは咳《せ》き込みながらも少しずつそれを飲み込んでいった。

頭は内側から殴られているように痛み、喉元まで嘔吐《おうと》物が迫っているかのように気持ちが悪い。実際に何度か吐いていた。けれども胃の中はからっぽのため、胃液に喉が焼けるだけだ。身体はだるく指先を動かすことはおろか、瞼《まぶた》を持ち上げることさえひどく億劫《おっくう》に思えるほどだった。

それでも、時々思い出したように苦労しながら目を開けてみる。

はっきりとは見えないが、いつも一面が真っ白な景色だった。けれども眩《まぶ》しくはなくて、柔らかく、優しい白。

体調はすこぶる悪かったが、でも自分がいる場所はまるで穢れない景色のように心地よかった。ふわふわとしたものに全身が埋《うず》まるように包まれて、足先まで暖かく、久しく感じていなかった他人の体温に触れているようだった。村にいた頃に住んでいたかたい床と使い古された毛布とはまるで違う。

まるで夢のようにふわふわとした感覚に包まれ、浅い目覚めを何度か繰り返しているうちに、身体もだんだんと回復してきたらしい。

どれほど眠り続けていたのか。まだ思考はすっきりとはしていないが、身体は軽く呼吸がとても楽になった。

つい顔の下にある白に頬擦りする。まったりとしているうちにまた眠りたくなってきた。

穏やかな居場所にうとうとしようとした、そのときだ。

「いい加減に目を覚ませ」

「っ……！」

頭上から声をかけられ、咄嗟に身体を起こした。突然動いたことで頭がくらりとしたが、また同じ場所に倒れ込むわけにはいかない。

「あ、あの……おれ――っ」

なにか言わねば、謝らねばと慌てるが舌が絡んでうまく言葉が出てこない。そんなミノルに対して呆れたように山の神は溜息をひとつつくので、ますます動揺が激しくなってしまう。

ミノルが先程までいた、天国のような場所。それは山の神の腹の上だった。身体を起こした今も、膝は山の神の長い毛で覆われていて、くすぐったく思えるほどに距離が近い。

そのことに気がつきミノルは座ったまま一歩分身を引く。足元に敷き詰められた木の葉がかさかさと音を立てた。

「ここは……」

このとき周りの様子を見て、自分の居場所を知った。どうやらここは神樹の虚の中のようだ。正面に出入り口となる穴があり、外が見える穴以外は木の肌に囲まれているのでそれがわかった。山の神とともに並び寝そべってもまだ多少のゆとりがあるほど中は広い。

そんな場所にいたなどと予想もしていなかったミノルが言葉を失っていると、背後から声がかけられた。

『ミノル、おきた！』

『おはよう！』

「……子供？」

聞こえた幼い声に、振り返ってみるがそこに人の姿はない。いたのは、前にも会った二羽の小さな鳥だけだ。

山の神の虚に人の子供が入り込んでいるわけがない。そもそもここは不帰山。村の大人だってそう近寄ることはない。

それに、村でミノルの名を呼ぶ子供はいなかった。

『まだねむたい？』

『ミノル、げんきはまだ？』

まだ寝ぼけているのだろう——そう思っていたが、また自分の名を呼ぶ声がした。それも小鳥が嘴を動かすのに合わせてだ。

「……まさか、きみたちが言っているわけじゃないよね？」

　ほんの冗談のつもりだった。掌ほどの小鳥たちが、幻聴とぴったりに愛らしく嘴を動かすものだから、ついそんなことを言ってしまった。

『ミギがいったんだよ！』

『ヒダリもいったよ！』

「――……へ？」

　幻聴が返事をした。それも、やはり小鳥たちの動きに合わせて。

　驚いて言葉を失っていると、小鳥たちはミノルの膝に飛び乗った。

『ミノル、どうしたの？』

『まだくるしいの？』

　つぶらな瞳で顔を覗き込み、首を傾げる。紛れもなく、姿の見えない二人の子供の声は彼らから聞こえた。

『ミノル？』

「……と、鳥が喋《しゃべ》ったっ!?」

『わーっ！』

　ようやく現実に思考が追いつく。思わず声を荒げると、小鳥たちは驚いたのか山の神のほうに飛んで逃げていった。

「……起きて早々、よくもまあ騒がしくできるものだ」

　呆れたように溜息をついた山の神は、頭上に避難してきた小鳥たちに命じた。

「おまえたち、カシコイを呼んでこい」

『えー』

　ミギ、と名乗った右側の小鳥が不服そうな声を上げる。

「おまえたちでは話が進まん。遊びたければそれからにしろ」

『……はあい』

『ヤクソクだよ』

「ああ、わかったわかった。だからとっとと行け」

驚きが収まりきらないなか、小鳥たちが虚の外へと飛び立ったのを見送っていると、じっと自分を見つめる視線に気がついた。

「――それで、おまえはいつまで呆けているつもりだ？」

「……あっ」

ようやく自分がなにをすべきか思い至ったミノルは居ずまいを正そうとしたが、つきりと太腿が痛み、一瞬動きが鈍くなる。

「そのままでいろ」

「え？」

「二度も同じことを言わせるな。それで、なにか言いたいことでもあるのか」

威圧的な視線に、膝を折って座ろうとしたのを断念せざるをえなかった。仕方なく、山の神の腹から起き上がったままの体勢で深く頭を下げる。

「これまで山神さまのお身体をお借りしていたようで、大変申し訳ございませんでした」

「ふん、おれを使っている自覚はあったか」

狼の表情は変わらないものの、鼻で笑われてしまい、ミノルは縮こまるしかない。夢の終わりを先延ばしにしたくて気づかない振りをしてしまっていたのは事実だからだ。

それだけ、山の神の身体の上は居心地がよかったのだ。ミノルは、常に他人とは一定の距離があり、あれほど密着して傍にいたことなど、物心ついた頃からなかった。

眠っている間はずっとその温《ぬく》もりに包まれていたせいか、今の自分だけの身体がやけに寒く感じてしまう。他の者の体温が、あんなにも離れがたいものだとは知らなかった。

そういえば、山の神にも体温というものがあるのがなんだか不思議に思える。呼吸するたびに上下する胸が揺りかごのようであった。言葉さえ話さなければ、特別美しい白いだけの狼に見える。

　狼の姿をしている神ではあるが、大地を歩き、小鳥たちが頭上にいることを許す姿は親しげだ。獣らからしてみれば決して近寄りがたい神ではないことに気づいた。

　今思えば、獣の姿をする山の神がいるのだから、鳥が言葉を話すのも不思議なことではないのかもしれない。彼らは山の神の使いかなにかだろうか。

「まあいい。おまえも熱で不覚であったから、これまでのことは不問にしてやる」

「あ……ありがとうございます」

　寝起きだからなのか、謝罪の途中であるというのに考えが逸れていたミノルは、慌てて意識を今ここにいる山の神に戻した。

「勘違いするな、おまえのためではない。あいつらがうるさいから……」

　山の神はふと途中で言葉を切った。

「それよりも、おまえは自分の使命を忘れたわけではあるまいな？」

　その一言で、何故自分がこの山にいるのかを思い出す。一瞬にして蘇った記憶に、ミノルは身を乗り出した。

「それは、山神さまにおれを――」

『だめーっ！』

「――わぷっ!?」

　虚の外から聞こえた大声に言葉を遮られたと思ったら、小鳥が両翼を広げた状態でミノルの口に覆い被《かぶ》さるように飛び込んできた。

　口元をもふりと覆われて、驚きにかたまっていると、続けてもう一羽が飛んできて山の神の頭に降り三角の耳を突く。

『やまがみさま、ずるっこ！』

『ミギたちがいないからって、ミノルいじめたでし恐怖に身をかたくして虚に引っ込むと、代わりに飛び出した小鳥たちが猪のもとへ向かった。

『カシコイも、あとでやまがみさまにいって！』

『ずるっこはだめって！』

『ああ、そうするとしよう』

虚の外から聞こえてきたのは、あの小鳥たちの声と、それともう一人見知らぬ男の声。

山の神よりも深く、年を感じさせる掠れ声に、もしやと思ってそろりと虚から顔を出すと、頭上に小鳥を乗せたあの猪がミノルを見た。

『そう怯えなくていい。わたしは山の神により智を授かった獣。無暗《むやみ》にあなたを襲ったりはしない』

「……ごめんなさい」

『謝る必要などないさ』

穏やかで落ち着いた声音に、強張っていた身体から力が抜けていく。だが、違和感のようなものを拭いきることはできなかった。


ょ！』

「なんのことだか」

耳をぴんと動かしただけで小鳥の攻撃を跳ねのけた山の神は、立ち上がって虚の外へ出てしまう。

「ことの説明はそいつらから聞け。おれは出る」

「山神さまっ、お待ちください！　おれは――」

張りついていられなくなった小鳥が落ちていったことで、ようやく声を出せるようになったミノルは虚から顔を出して山の神の姿を探したが、すでに見える範囲にはいなかった。しかし代わりに、根元に一頭の猪がいた。

猪といえば、村の男が山で遭遇し、怪我をさせられたという話もそう珍しくはない。ましてやそこにいたのはミノルよりも余程身体が大きく逞《たくま》しい個体で、牙も鋭く天を向いていた。

あの巨体に突進されれば、ミノルの細い身体などひとたまりもない。

真白の狼という特殊な姿の山の神と違って、小鳥や猪は見た目は普通の獣だ。どうも山の神のように言葉を話す獣の姿に慣れない。

子供らしい話し方をする小鳥たちとは違って落ち着いた様子の猪に、ミノルは尋ねる。

「あの、山神さまはどちらに行かれたんですか？」

『まあまあ、そう急《せ》くことはない。順を追って説明しよう。まずは自己紹介だ。わたしはカシコイと呼ばれている猪だ』

『ミギはミギだよ！』

『ヒダリはヒダリ！』

これまでの会話からもしやと思っていたが、やはりそれらが彼らの名であったようだ。

あまりに率直すぎる名前に戸惑っていると、カシコイは笑うように目を細めた。

『変わった名前と思うだろう』

「そんなことは……」

『よいのだ。わたしもそう思うのだから。だが、山の神が与えてくださった名だからか、わりと気に入っているのだよ』

『ミギはね、いつもみぎにいるからミギなんだって！』

『ヒダリはひだりにいるからだって！』

『カシコイはかしこいからなんだよねー』

両翼を広げて踊るように飛び跳ねる小鳥たちは、自分の名前の理由を知っていても嬉しそうだ。全身で感情を表す姿はやはり見ていて微笑《ほほえ》ましくなる。

ミノルも口もとを緩めながら、次は自分の番だと自己紹介をした。

「あの……もう知っているかもしれないけれど、おれはミノルです」

『ああ、ミノル。あなたのことはよく知っている』

「え？」

ミノルを知っている、と言ったカシコイは、真っ黒な瞳でミノルを見つめる。

穏やかな静けさの中になにかを懐かしむような、少し胸が切なくなるような眼差しだった。しかし山の神の表情がわからないように、猪の表情だって人間であるミノルにはわからない。ただそう思えただけで、実際はまるで違うことを考えているかもしれない。

言葉の本意を聞こうとしたが、先にカシコイが口を開いた。

『わたしたちと会話ができるのが、不思議だと思うだろう』

「あ……はい。あなたたちは智を与えられた獣、なんですよね？　だから人の言葉が話せるんですか？」

逸れた話題を戻す気力のないミノルは、頷き応える。しかしそれもまた気になっていた内容なのだ。

『そう。より深く考える知性と理性を与えられ、そして我らの言葉も得たのだ』

「言葉？」

『そう。今わたしがなにを言っているか、あなたにもわかるだろう？』

ミノルは頷く。

カシコイの言葉を理解しているからこそ、会話は成り立っているのだ。

『だがわたしは、別に人の言葉を話せるようになったわけではないんだ。同じ猪の仲間にしか通じないはずの言葉のままだが、それでもあなたにも通じる。それはわたしも小鳥たちも、そしてミノルも、互いに山の神のお力を授かった仲間だからだ。山の神のお力がこの奇跡を起こしているんだよ』

山の神から力を与えられていない者が傍《はた》から聞けば、それぞれが自分の種族の鳴き声を使っているようにしか思えないのだとカシコイは補足をした。

カシコイたちの言葉がわかる理由に山の神が関係しているのならば、この夢のような現状にも納得がいく。

しかしそれが、山の神から力を授かった、という条件であり、そこに自分も含まれていることに戸惑った。

「仲間って……おれもですか？」

『ミノル、なかま！』

『ミギたちといっしょー！』

喜びの声を上げながら飛んできた小鳥がミノルの両肩に降り立つ。素直な性格らしい彼らはすでにミノルを仲間として扱い、危機感もなく傍に来てくれるが、まだミノルはその距離感に慣れずにいた。

「でもおれ、山神さまから力なんてもらってない。それどころか、まともに取り合ってももらえないし……」

素っ気ない態度ばかりとられるそんな自分に、山の神が力を授けたとは到底思えなかった。

山の神から与えられたのは、強い拒絶と冷たい眼差し――。

『本当にそうだろうか？』

ミノルがきゅうっと拳を握ったのを見ていたカシコイは、宥《なだ》めるように優しく告げた。

言われて、身体を包む温かさを思い出す。そうだ、確かに温かい場所もくれたのだ。

許されたあの一時が、じわりと胸に火を灯す。ミノルは握った拳を胸に当てた。

『あなたが気を失っている間のことだから、覚えていないのも無理はない。あなたはもともと人という賢い生き物だからそれほど変化は感じられないだろうが、こうしてわたしたちと意思疎通ができていることがなによりの証拠だ』

「――でも、どうして？　おれには山神さまから力をもらう理由なんてないのに」

『山の神のお力は、意思疎通を可能にするだけでなく、傷の治癒を促進する作用があるのだ。足を怪我したのを覚えているかな？』

　言われてようやく、転んだ拍子に深く太腿に突き刺さった石のことを思い出した。

　怪我をした箇所に目を落とせば、服には穴が開き、広く血が染み込んでいた。服の大部分が黒く変色してしまうほどの出血では、当時は意識朦朧《もうろう》としていてよく理解していなかったが、状態はひどかったようだ。

　しかし肝心の傷は痕もなく消え去っていた。動かすと多少痛みがあり、それだけが表面下でまだ傷が癒えきっていないことを教えるが、それでも怪我したことを忘れてしまう程度だ。

　自分がどれほど寝込んでいたかミノルにはわからなかったが、しかし二、三日で癒えることなどないはずで、ましてや傷痕すら残らないなどあり得ないことだった。

　すべては山の神の力によるもの。それは理解できたが、まだ山の神がミノルを助けた理由は見つけられない。

　困惑とともに納得がいっていないことが顔に出ていたミノルにカシコイは応えた。

『あのままではミノルが死んでしまうと思ったから、わたしが山の神に願ったのだ。あなたを助けてほしいと』

「あなたが？」

『智を授かった獣は、山の神の守護下に置かれる。そのため我らのことになれば食う食われるの自然の摂理に介入し助けてくれるし、出来得る範囲で願いを叶《かな》えようとしてくださる。だからわたしは願った』

　自然の摂理に介入と聞いて思い出したのは、山犬に囲まれたときのことだ。

　あのとき山の神は小鳥たちを助けにやってきた。ミノルの肩に今いるように、あのとき小鳥たちは恐怖に竦み上がって離れられずにいたから、仕方がなくミノルごと助けてくれたのだった。本当にただのついでであって、もし小鳥たちがいなければミノルは今頃自然に淘汰《とうた》されていたはずだ。

『山の神のお力は、生き物にとって万能薬のようなもの。外傷や、軽度の病程度なら治癒する力があるが、しかし失った血を戻すまでのお力はない。だからミノルにはまだ休養が必要だ。ミノルが使命の話をしない限りは、体調が戻るまではここに置いてくださることを約束されたから、安心するといい』

自分のためを思うカシコイの気遣いを知ったが、それでもミノルは首を振る。

「お役目は放り出せないです。ただ休むというためだけにここにはいられません。いくら山神さまに拒否されても、聞き入れてもらえるまでお願いします」

『わかっているとも。だからそれまで作戦を練ればよいのだ。今のままでは決して山の神は頷くまい。時期を見るのだ。そのためにわたしもともに考えよう』

きっと、無理だと言われると思った。どうせ山の神の考えは変わらないと。それでも自分も折れるわけにはいかないのだと一人肩に力を入れたミノルだったが、思いもよらぬ協力の申し出にしおしおと力が抜けていく。

「……なんであなたは、そうまでしておれの味方をしてくれるんですか？　それに、おれを助けるよう山神さまにお願いまでしてくれて――おれのこと、知っているんですよね？　前にどこかで会ったことがありますか？」

カシコイのおかげで、ミノルにとってあまりにも都合のよいほうへと流れを作ってもらえている。これが親しい間柄ならまだしも、初めて会話をした仲だ。

以前から知っているような口ぶりに、過去に会ったことがあるかを考える。しかしカシコイほどの立派な猪に出会った記憶はなく、そもそも他の猪と見分けがつかないのだから見かけたことがあっても覚えているはずもない。

『命の恩人に尽くすことは、なにも不思議なことではないだろう』

「命の恩人って、おれのこと……？」

『覚えていないのも無理はない。あれはまだわたしが子供だった頃で、随分昔のことなのだから』

彼は右の前足を一歩前に出す。そこへ目を向けてみると、蹄《ひづめ》の少し上のところには毛がなく禿げていた。見える地肌によくよく目を凝らせば古傷があるのがわかる。

『これは人間の仕掛けた罠によってつけられた傷。——昔、あなたが捕らわれた獣を見て、どうしたか。それはあなた自身がよく知っていることだろう』

瞳の中を覗き込むようなカシコイの眼差しには、みなまで説明する必要はないな、と確認しているようだった。そしてまさにその通り、彼の足の傷に、その言葉に、いったいなにを示しているのかを悟ったミノルは小さく頷いた。

村の周囲には多くの罠を仕掛けている。それは落とし穴だったり、囲い罠や箱罠だったりといくつか種類があり、中には木の葉に隠した罠の上になにかが足を置いた際、鉄で作った歯が嚙みつき獲物を捕えるといったものもある。

獣は村の畑を荒らしていくので駆除や牽制《けんせい》にもなるし、捕らえたものは食料となり、一石二鳥なのだ。不帰山との異名があるこの山の奥にはなにも仕掛けていないが、麓にならいくつか罠を張っていた。

生きていく上で他の命を奪うのは自然のことだ。獣を狩っては食し、己の血肉に変えていく。そうして自分の命を繋いでいく。

ミノルも魚は食べるし、野菜も食べる。それらも命であることに変わりないことはわかっている。しかしより自分に近い存在だからか、確かに生きていることを感じてしまうからか、体温を知れてしまうからか、どうしても肉だけは身体が受け付けなかった。無理に食べても、口にした肉が生きていたときを思い出して吐き出してしまったり、気分が悪くなったりしてしまうのだ。それこそ奪った命に申し訳ないと思うのに、せめて自分の糧にしようと思うのにどうしてもできなかった。

いざ調理をしようと、拘束した動物に向かい包丁を構えたところでいつも動けなくなる。周囲から散々馬鹿にされ、叱られ、呆れられても、獣たちの暴れ抵抗する姿に、命を奪う覚悟のできていないミノルの身体は竦んでしまうのだ。大人になった今はそれでもできるようになったが、いつもひどく緊張するし、首を折る瞬間、肉に刃を入れる感触、血を抜くときの濃い匂い、皮を剝ぐのに必要な自分の腕の力、すべてが恐ろしいものに思えた。

そんなミノルは、ある晩に過ちを犯したことがある。

まだ村のあちこちの家を転々としていた頃だ。その日は捕らえた鳥を捌《さば》けずに、そのとき世話になっていた一家の主に夕飯を抜きだと言い渡された。当時七歳で育ち盛りだったミノルは、空腹に耐えきれなくなって、家人たちが寝静まった後に一人家を抜け出した。

森で木の実でも拾って食べようと思ったのだ。

小さく灯した松明で足元を照らしながら、木の根に足を取られないよう注意して歩いていると、ふとなにかが暴れている音が聞こえた。

危険なものであったら大変だ。逃げようとも思ったが、様子がおかしいことが気にかかって見にいき、そしてそこで罠に捕らわれた子猪を見つけたのだ。

鉄の刃を踏んでしまったのだろう。鋭い牙のような器具が、まだ縦模様がはっきりとしている子猪の前足に食らいついていた。

　暴れれば暴れるほどに刃は食い込み傷口を抉っていくが、子猪は痛みに鳴きながらも懸命に罠から逃れようとしていた。

　初めは見て見ぬ振りをして背を向けた。

　子猪には申し訳ないが、村の食料はいつも足りていないし、育ち盛りの子供たちも多い。男たちもよく食べるものだから、いくら肉があっても困らない。とくに柔らかく臭みの少ない子猪の肉は村の子たちにとって滅多に食べられないご馳走《ちそう》である。可哀想《かわいそう》であっても助けるわけにはいかないのだ。

　しかし離れても聞こえる悲痛な叫びに、生きることを諦めぬ意志に、散々悩んだ挙句、ミノルは戻って子猪の罠を外してしまった。

　子猪は解放されると、ミノルを蹴り飛ばして、足の怪我を知らぬように闇の中に消えていった。尻餅をついたミノルは、何度か瞬いて、遅れてやってきた安堵に胸を撫で下ろした。あれだけ元気であれば、きっとあの子猪はこれからも生き残ることができるだろうと思えたからだ。

　結局空腹は忘れ、けれども蹴られて痛む腹を擦りながら仮宿に戻って横になった。

　自分がなにをしてしまったのか、ミノルは理解していた。村の不利益を生んだのだ、決して許されることではない。だからこそ今回限りだと自分に言い聞かせたし、誰にも言わず自分だけの隠し事にしようと思っていた。

　だがきっと、そのときの自分は反省するよりも、達成感のほうが強かったのだと思う。

　命を助けたのだと、あの子猪の役に立ったのだと。生まれて初めて自分に善《よ》きことができたのだと自己満足に浸っていたのだ。あの小さな子猪がいなくなったところで、村人たちの空腹の時間が少し延びるだけで死にはしないのだから、許されるはずだと考えていた。

大丈夫、自分が言わなければ誰も気づかない。誰も不幸になることはない——そう思っていたが、物事はそううまくいくものではなかった。

翌日、大人たちに呼び出され、ミノルは昨夜のことを問い詰められた。

仕掛けていた罠があった場所で、獣が暴れていた痕跡が残っていたにもかかわらず、罠にはなにもかかっていなかった。罠は壊されることなく外されていた。夜、家を抜け出すミノルの姿を見た家の者がいて、しばらく帰ってはこなかった。そして朝になると、昨日まではなかったのに服には土と血の汚れ、腹の辺りには小さな蹄の跡があった——。

逃げようのない事実を淡々と並べて、おまえがやったんじゃないか、と大人たちは聞いてきたが、きっと彼らは初めから確信していたのだろう。そしてミノルも秘密を隠しきれずに白状して、その後は大人たちに、独りよがりで身勝手な行動を散々に叱られたのだ。

食料が減ったことは勿論《もちろん》のこと、子猪が畑を荒しに戻ってくるかもしれないこと、将来その猪が大きくなり、遭遇した誰かが襲われ怪我をするかもしれないこと。今このときのことだけではない。将来に起こるかもしれない可能性まで責任が持てるのかと、ただ叱るだけでなく、何故ミノルの行動が許されないのか理由を教えてくれた。だからこそミノルは自分の考えの浅はかさを深く反省したのだ。

誰かが真似《まね》をしたら困ると、このことは村の子供たちには内密にされた。そのとき限りで、再び話題に上がったこともない。だからそれを知っているとすれば、当時の大人たちかもしくは、そのとき助けた子猪くらいなもの。

きっと逞しく生き続ける。そう思っていたあの小さな生き物が、まさかこんな、滅多にまみえることのない立派な猪に成長しているとは思いもよらなかった。

『わたしは嬉しい。あなたにこうして再び会えて、そして話すことさえできるようになった。改めてあのときに言えなかったことを伝えたい。助けてくれてありがとう。あなたが罠を外してくれたから、わたしは生きて、子を成して血を継ぐことができた』

猪の声には一切の曇りは見えず、どこか誇らしげに真っ直ぐにミノルを見る。本心でその言葉を伝えてくれているのだとわかった。

だからこそ、その目に耐えられなくなってミノルは俯《うつむ》いた。

「あのときのこと、おれは後悔しているよ。あれはただの自己満足だった。みんなを、怒らせた……」

あの頃からすでに村は食料不足が深刻になりつつあったのだ。皆、明日もその先も生きるために節制し食料を蓄えていた。ミノルの考えていた〝今だけの少しの空腹〟はその後にも続く空腹になってしまった。

もしあのときあの子猪の肉があれば、今の子供が空腹に泣くことが少しは先延ばしにできたかもしれない。そう思うといつも、あの夜のことが頭を過《よぎ》るのだ。

『それでいいのだ。人間にとって我らは獲物だ。あなたが食べずとも、我らが人間の獲物に代わりはないのだから、それが自然の摂理なのだから仕方がないこと』

カシコイは大きな鼻から息を吸い、溜息をつくように吐き出した。

『はっきり言って、わたしは人が嫌いだ。森を開き、我らの居場所まで追いつめる——それでもあなたのことは好きだ』

はっきりと告げられたカシコイの好意に、ミノルは息をのんだ。

『たとえ後悔されようとも、同じことはしないと誓われようとも、それでもあのときわたしはあなたに救われた、この事実は変わらない。だから今あなたの力になりたいと、そう心から思えるのだ』

誰からも叱られた、間違えたあの夜の行為。それに感謝され、そして、そんなミノルを好きだとも言ってくれた。

カシコイにとってその言葉はそう口から出にくいものではないのだろう。けれどもミノルの胸には重たく響き、呆然となる。

「おれ、の……おれのしたことは、間違いだったんだ。それなのに、どうして……」

『人間からしたらそうだろう。だからこそ今は、人間と猪という間柄は取り払って、ただこの気持ちだけを受け取ってほしい』

助けたことを後悔していた救われた命は、あるべき自然の流れと捨てきれぬ甘さに揺れるミノルの心ごと受け止めて、変わらない獣の表情の代わりにその瞳で優しげに微笑んだ。

『あのときは蹴ってしまって大変申し訳なかった』

「——ううん。いいんだ、あなただって……カシコイだって、必死だったんだから。それよりも足、ちゃんと治って、よかった」

言葉が尻すぼみになっていく。ミノルは俯き、胸を強く押さえた。

これまで大人しく話を聞いていた小鳥たちが、小首を傾げて頬を軽く突く。

『どうしたのミノル』

『またくるしい？』

息苦しい。

カシコイに感謝され、喜んでしまっている自分がいる。こんな自分でも役に立てたのだと、感謝してもらえたのだと。好いて、もらえたのだと。

だが忘れてはならない。ミノルの行為は村に損害を生んだのだ。それは許されることではなく、ここで喜んではいけないこと。だから、とても苦しい。

湧き上がりそうになる歓喜の気持ちを留めるためにも、さらに強く胸の上の拳を握る。

『さて――少し長くなってしまったな。そういうわけで、あなたはしばらくここにいていい。ゆっくり休養するんだ。腹が減っただろう？　今なにか持ってこよう』

「あ……なら、おれも」

ゆっくりと拳を解いて顔を上げたミノルが身体を動かそうとすると、カシコイが先に首を振った。

『よい。それよりも小鳥たちの相手をしてやってくれ。あなたが目を覚ますのをずっと待っていたんだ』

「でも」

『もうミノルとおはなししてもいい？』

左から聞こえる嬉しそうな声に、それでもついていく、という言葉をのみ込む。その代わりに小鳥たちは交互に嘴を開く。

『カシコイね、ずっとミノルのことまってたの』

『ミギたちもね、ずっとミノルまってたの』

『カシコイからいっぱいおはなし、きいてたの』

『ニンゲンのこときさたいの』

「えっと……」

『その子たちの相手をするほうが骨が折れるぞ。ここにいるからには早く慣れたほうがいい。よろしく頼む』

喉の奥で笑うと、では行ってくる、とカシコイは背を向けた。

「カシコイ！　あのっ……ありがとう」

『ああ、すぐ戻ってくる。わたしもまだ話し足りないからな』

手を振るように尻尾を一振りして、カシコイは木の陰に消えていく。

『ねえねえ、なんでニンゲンは、あたましかケがないの？』

『でもあたまにもケがないニンゲンもいる』

『さむくないの？』

「え、ええっと……」

　最後までその姿を見送っていたミノルだが、早速始まった小鳥たちの洗礼に、まずは苦笑いをひとつ浮かべた。


　カシコイがミノルたちのもとを離れてから程なくして、身を潜めていた山の神が姿を現した。

『盗み聞きとは、仮にも神の立場にあるお方がなさることではありませんぞ』

　足を止めて山の神と向かい合ったカシコイは、わざと溜息をついて聞かせる。

　これまで神樹の裏側でミノルたちの会話を聞いていた山の神は、居心地悪そうにしながらも言った。

「そういうことだったのだな」

『ミノルのことですかな？』

　微笑混じりのカシコイの声に、山の神は苦虫を噛み潰したような気分になったが、どうせこの猪には敵《かな》わないと観念をして頷く。

『初めから素直にわたしに彼のことを聞いてくだされればよいものを』

「別に、そこまで興味があったわけではない。最近〝影〟が活性化しているようだから、その忠告をしようと思って戻ってみたら、おまえたちが勝手に話していてだな――」

『ならば今、行かれてもよいですよ』

「いい。どうせ小鳥たちに注意するよう言っても無意味だろう。それに、おれがいる限りは〝影〟どもに好き勝手させるつもりはない」

　自分が抑えるというのならば何故、わざわざ言いにきたというのだろう。あえてそこを突いてやろうとも考えたカシコイだが、あまり言いすぎて臍《へそ》を曲げられても困ると、笑って誤魔化されてやることにした。

『まあ、そういうことにいたしましょう。――ミノルは、わたしの命を救ってくださった恩人。ですからその恩を返すべく、今度はわたしが彼の命を救いたい。そう思うのはなにもおかしな話ではないでしょう』

　カシコイはミノルのいる神樹の方角へと顔を向けた。そこにはきっと、小鳥たちの質問攻めに答える隙も与えられずに困るミノルがいることだろう。

　その姿を思い浮かべると心が穏やかになっていく。それは、ミノルの境遇を知っていればなおのことだ。

『山の神により智を授かった後、わたしはミノルが住む村へ行きました。何故あれらにとって糧であるわたしを解放してくれたのか。ただの獣であった頃にはなかった疑問の答えを知りたかったのです』

　人間に見つかるかもしれない危険を冒してもなお何度も村へ足を運び、自分を助けた人間を観察した。村人たちの彼に関する噂を聞いて、いつも一人ぼっちの姿を見て、その境遇を知ったのだ。

　そのことを一人ごちるように、静かに山の神に語っていく。

　ミノルは何故、山の神に供物として捧げられたのか。何故あそこまで一心に食われることを望めるのか。

　山の神に向かって叫んだ言葉の通りに、真に欲していたのだ。自分の存在意義を。

　村に育てられはした。しかし愛されはしなかった。その結果があのミノルを生み、そしてカシコイが救われることになったあの出来事が起きた。

　厄介者扱いされている異国の子と、血を分けた実の子と、貴重で限りある肉を与えるならば、それは誰しも我が子を選ぶ。力をつけより逞しく健康に育ってほしいと願うのはどこの家庭も同じだった。

転々としていた家でミノルは肉を食わない日々を送った。そしてミノルの物心がついた頃には、もう肉を受け付けない心と身体ができてしまっていたのだ。肉を食えないからこそ、余計に食われようとする獣への哀れみが強くなってしまうのだろう。

カシコイがミノルという名を知ったのは、彼のことを観察し始めてから随分経《た》ってからのことだ。誰もミノルの名を呼ばなかったから、わからなかったのだ。それだけでも村での彼の孤独を知るには十分だった。

しかし彼はそんな環境に身を置いていても、それでもなおも願っている。村のため、山の神にその身を食われることを。

それだけミノルに感謝の気持ちは強く、そして彼にとっての世界はあの村だけでとても狭いのだろう。

話を聞き終えた山の神は、呆れたように言葉を吐き捨てる。

「馬鹿馬鹿しい。そんな村など捨てて一人で生きていけばいい。村のやつらが勝手に育てたのだから、自分の命を懸けるほどの恩など感じることもないだろうが」

素直な山の神らしい台詞《せりふ》にカシコイは苦笑した。

それができるのはなににも依存しない、自身の力だけで道を切り開くだけの強さがある者だけだ。

だがミノルは、山の神とは違う。

『ミノルにとってはあの村がすべてなのです。村人たちは皆、等しく彼の親です。そして愛されなかったからこそ愛を求め、振り向いてもらおうと必死なのでしょう。たとえそれが自分の命を捨てる行為であっても、それで認めてもらえるのならと』

「まるで幼子だな。空回りして己の価値を自ら下げているだけではないか。無駄死にがなにになるというう。これでどこかでのたれ死んだところで、結局なにも変わらなかったと反対に恨まれることになるだけだろうが」

山の神は人間を食わない。だがもし、生贄を食らったとして、それでなにかが変わると本当にミノルたちは思っているのだろうか。

今まで山の神の存在を知らず、信仰もしてこなかったのに、仲間を生贄に捧げるほどの行為に意味はあるのだろうか。

山の神には人間たちの考えがまったく理解できなかったし、理解したいとも思えなかった。不確定なものに縋《すが》るよりも先にすべきことは多くあると考えるからだ。

だがなによりわからないのはミノルだ。彼なりの事情を知ってもなお、あそこまで村のためを思う心境が理解できない。

「――おまえ、あの人間の手助けをすると言っていたが、まさかおれが心変わりをしてあいつを食らうと本当に思っているのか？」

『いいえ、思っておりませんとも』

怪訝《けげん》な眼差しに、涼しい顔でカシコイは答える。

「ならば何故あのようなことを言った。おまえのことだ、あれを弄《もてあそ》んでいるわけではないのだろう」

『ええ、勿論ですとも。わたしは彼がいなくなるのを望んではおりませんが、しかし叶わぬ話にミノルを苦しめたくて言ったわけでもございません。ただ、与えられた時間に彼の心が変わることを願っているだけです』

「時間稼ぎが間に合うといいな。あれはなかなかに頭が固そうだが」

『そうですね。わたしも努力せねばなりません』

皮肉をカシコイが受け流すと、山の神は面白くなさそうに背を向けた。

「いいか、あれを置くのは体力が戻るまでだ。その先のことは面倒みんぞ。たとえあれが、どんな覚悟でおれへの願いを口にしようがな」

カシコイの返事も聞かず、山の神は言い捨てると足早に山の奥へと消えていった。

一頭だけ残されたカシコイは、誰もいないと知った上で深く溜息をつく。

命を救われたからといって、それだけでミノルという人間に寄り添おうと思ったわけではない。彼を見つめ、その言動を観察してきて、時折見せるひどく心許《もと》ない寂しげな表情を知って、そして山の神の花婿として送り出されて。

だからこそカシコイは決めたのだ。

ひたむきでけなげで、優しいが頑固な故になかなか性分を変えられずに苦しみ、身を滅ぼそうとしているミノルを救い出そうと。今度は自分が彼を助けるのだと。

だがカシコイが、救われることを願っている相手は一人だけではない。


『――ミノルならば、きっと変えてくれるだろう』

同じくその優しさで自らを追いつめている、山の神のことを。

前だけを見て進もうとする山の神を立ち止まらせ、振り返らせてくれることを。

きっと彼ならば――。

カシコイは山の神が消えた方向から振り返り、神樹があるほうへと深く頭《こうべ》を垂れた。


日が暮れかけた頃、それまで喋り続けていた小鳥たちが、もう帰らなくてはならないと言い、明日も来ることをミノルに約束をして、名残惜《なごりお》しそうに自分たちの巣へ戻っていった。カシコイはミノルの食事を持ってきてくれたすぐ後、用があるからとどこかへ行ってしまっているので、もうここにはいない。

久方ぶりに一人きりになったミノルは、ふう、と一息ついた。

こんなにも誰かと話をするのは初めてかもしれない。とはいえ、ミノルはほとんど話を聞いているだけで、なにか言うとしても相槌《あいづち》程度だ。それでも小鳥たちは十分満足できるようで、たくさんのことを語っていたが、その内容は要領を得ず、意味は半分程度しかわからなかった。

小鳥たちの会話の中で、カシコイたちと同じく智を授かった獣たちの名前が何度か出てきたが、恐らく彼らも山の神が命名したのであろう。ウルサイだのオオグイだの、ウツクシだの、会ったことのない相手でもどんな特徴があるのか、なんとなくわかってしまう。確かに覚えやすくわかりやすくもあるが、はたしてそれで本当によいものなのだろうか。

小鳥たちとの会話を思い出すと、よくわからなかったのに何故だか自然と頬が緩む。慣れないことに疲れた気もするが、悪くはない感覚だった。


ミノルが思い出し笑いをしていると、ふと空気が一段と澄み渡り、清廉なものとなる。

はっとして顔を上げると、そこには山の神がいた。何歩か歩けば届くほどの距離にいるというのに、まったく気がつかなかった。心構えをする前に登場した山の神に一気に緊張を高めたミノルは、石のようにカチンと固まる。

山の神は足を止めると、不機嫌そうにミノルの背後を見つめる。そこでようやく虚への道を塞いでいたことに気がつき、慌てて退くと、山の神はミノルを一瞥《いちべつ》もすることなく虚の中へと入っていった。

虚の外で、自分が次にどう行動すればよいかミノルが考えていると、突然襟を後ろに引っ張られて首が絞まる。

潰れた悲鳴を上げ、もがいているうちに喉への圧迫はなくなり、けれども残る痛みと驚きに咳き込んでいると、普段と変わらぬ調子の冷めた声がかけられる。

「寝るのならばここにしろ」

振り返ると触れそうなほど近くに山の神がいた。そこでようやく、自分が虚の中にいることを知る。

どうやら山の神が襟を咥《くわ》えて、強引に虚の中へと引きずり込んだらしい。

ようやく喉の痛みも引き、咳《せき》も収まったところで、掠れた声でミノルは言った。

「ここで、ですか……？　でもここは、山神さまの場所だから……」

ミノルの意識がなかった一時は不可抗力で虚の中にいたとしても、今はそういうわけにはいかない。とはいえども、ここの主である山の神に強引ながらも招いてもらったのを、断ってよいのだろうか。それこそ失礼に当たるのではないか。また、ミノルが入れば、いくら通常よりはうんと広い虚だとしても、山の神が入ってちょうどいいくらいの場所なのでやや窮屈になってしまうのではないか。それでは山の神が十分に安らげなくなってしまう。

ミノルに混乱を与えた張本人は知らん顔で、答えることもなくその場に丸くなって目を瞑る。

しかし、いつまでもミノルが自分の身の置き場に悩み困惑したままであるのが煩わしく思えたのだろう。片目を開けると、ふん、と鼻を鳴らした。

「おれを気にするのであれば隅で小さくなっていろ。おまえごときの痩せっぽちがいようが大差ない」

「で、でも」

「外で寝られて風邪でも引かれたら厄介だ。さっさと体力を戻して出ていけ」

それでもなおもミノルが口を開こうとすると、山の神は開けた両目をすうっと細める。そこに言葉はなかったが、くどいと視線が語る。

ミノルが言葉をのみ込むと、山の神は再び目を閉じた。

寝床を貸してくれたとはいえ、強い拒絶を感じるのに変わりはなかった。

風邪をこじらせた身体は、まだ気だるさが残っている。しかし、山の神の力を与えられたからなのか、太腿の傷は然程《さほど》痛まないし、身体も回復に向かっているのがなんとなくわかる。

ここにはそう長くはいられない。ならば、いやいやながらも傍に置いてもらえている今の好機を逃してはならない。

「山神さま」

拳を握り己を奮い立たせ、ミノルは山の神に頭を下げた。

「どうかおれを食べてください」

「――カシコイから話を聞かなかったか？」

「聞きました。おれがこの話を言い出さない限りは、ここに置いてもらえると。でもそれではだめなんです」

自分がここにいるのは身体を癒すためなどではない。使命が、託された想いがあるのだ。

こうしている間にも微々たる川の水が枯れてゆく。冬は刻一刻と迫り、今を乗り越えるのに精一杯の村人たちはミノルに希望を託してくれている。

だから。

床につけていた顔を上げると、山の神の鼻先が向けられる。

「黙れ」

底冷えしそうな剣呑《けんのん》な視線に気圧《けお》されそうになる。

けれどもミノルは止めなかった。

「お願いです、山神さま。どうかみんなに冬を越せるだけ、の……くしゅんっ」

切なる願いの途中、鼻がむずむずとして、耐え切れずにくしゃみをしてしまった。立て続けにさらに二回くしゃみをして、鼻水が垂れそうになって慌てて洟《はな》を啜《すす》る。

その頃には、鋭かった山の神の視線は呆れたものに変わり、ミノルは恥ずかしさに俯き身を小さくした。

着ているものは襤褸の薄着で、病み上がりということもあり、近づく夜の冷え込みが堪えていた。だがなにも、このときにくしゃみが出なくてもよいではないか。

さすがになにもなかったかのように懇願することもできず、顔を真っ赤にしていると、肩にもふりと柔らかなものが被さる。

ミノルが顔を上げたところで、肩のそれを引き寄せられた。体勢が崩され、山の神のやや硬い白い毛並みの中に飛び込んでしまう。肌を毛がくすぐった。

「も、申し訳ございませんっ」

慌てて起き上がろうとしたが、背中に先程も感じた柔らかなものが覆い被さりそれを阻む。

振り返ると、山の神の尾が置かれていた。

「あの……？」

「なにも聞かなかったことにしてやる。騒がしくせず、大人しく寝ろ」

不機嫌で尾を揺らしているだけであろうが、ぽふ、ぽふ、とまるであやしてもらっているように背中を叩かれる。毛に埋もれる身体は山の神の呼吸のたびに一緒に上下する。温かく、揺りかごのような動きに、そんなつもりなどまったくなかったのに、とろとろと瞼が下がり始めた。

――休息の時間である夜が怖かった。静かすぎて、寒くて、一人ぼっちで。けれども今は自分以外の呼吸が聞こえる。熱がある。自分以外の存在を感じる。

その相手が山の神であるとわかっているのに、彼の体温に包まれると、すべてを忘れて手を伸ばしたくなる。

皆のために願わなくてはいけない。

でも、今だけなら。次に起きたときにまた願うから。
だから、今だけ。
もう寝ぼけてしまったと、そう自分に言い聞かせ、
おずおずと、毛の中に顔を埋めた。

安らかな寝息が聞こえ出したところで、山の神はそっと目を開ける。交差した腕に乗せていた顔を上げて振り返ると、腹の上で丸くなるミノルがいた。

山の神への警戒などないのか、図太いのか。それとも単に体力が回復しきっていないだけなのか。なんにせよ、山の神の上で呑気《のんき》なものである。

ミノルの視線がないのをいいことに彼の寝顔を見る。

カシコイの話ではもう十八歳になるそうだが、それでも幼さがまだ残る横顔を見つめていると、とても懐かしい思い出が蘇る。それはこの人間の顔のせいだろうか。

この地には本来いないはずの、遠い東の果てに住まう人間たちの顔立ちだ。間違いなくミノルは彼らの血が混じっている。

目を閉じれば今でも思い出す、山の神にとって生涯忘れることはないのであろう場所。輝かしく懐かしき記憶。そして忌まわしき赤い記憶。

思い出したくない過去に蓋をするためすぐ目を開ければ、ここは虚の中で、ミノルは穏やかな表情で眠っている。

ふと、ミノルの目尻から涙が零れた。魘《うな》されているわけでもなく、寝顔は穏やかなのに、なんの夢を見ているというのだろう。

寝ながら泣くなど器用なものだと山の神が呆れていると、今度は涙を零しながらふにゃりと笑う。

どうやら悪夢ではなく、よい夢であったようだ。

それにしても泣き笑いをするなど、それこそどん

な夢であるというのだろう。

すっかり気を抜かれた山の神は、自分が穏やかな気持ちになっていることに気がついた。

先程、懐かしい記憶を掘り起し、確かに気分は沈んだというのに、この間抜けたミノルがそれを和らげてくれたのだろうか。

山の神はあえて答えは出さず、ミノルをしっかり包むようにして丸くなる。腹に収まる小さな身体は、確かにここに存在していた。


ミノルが次に起きたとき、すでに山の神はいなかった。代わりに小鳥たちと、そしてもう一頭、ウックシと呼ばれる鹿がいた。

艶やかな栗《くり》色の毛並みに、長いまつ毛に、くりっとした真っ黒な瞳。すらりとした身体はしなやかで、なるほど確かに名前の通りに美しい雌鹿だった。

彼女も智を授かった獣である。ウツクシはカシコイから、ミノルが食べられる木の実がある場所への案内を任されたようだった。

そこへ向かうまでの道中、彼女と話してみるとカシコイのように穏やかで柔和な雰囲気があり、声も優しい女性のもので、その容姿のように心も美しいようだ。

初めは緊張していたミノルも、すぐに彼女の柔らかい物腰と小鳥たちの無邪気な語らいに気持ちを解《ほぐ》され、自分からウツクシに話しかけられるようになった。

そこでミノルは、ずっと気になっていたことを質問することにした。

「ウツクシも山神さまから力をもらったんだよね」

『ええ』

「その、力ってどうやってもらうんだ？　おれ、覚えていなくて」

カシコイには聞くときを逃してしまってそのままになっていたが、ずっと気にかけていたことである。

なにか特別なことをするのだろうか、そんな興味があった。

『山の神の血をいただくのです。一舐《な》めして、それをのみ込んで二度ほど瞬《まばた》きしたとき、わたしはただの鹿からウツクシとなりました』

「そうなんだ」

ということは自分もいつの間にか山の神の血を舐めていたのだろう。そう考えたミノルを見抜いたらしいウツクシは、言葉にわずかに笑みを滲《にじ》ませる。

『ですが、ミノルだけはわたしたちとは違う方法で力を与えられたのですよ』

「おれだけが……？」

『ええ。ですがそれをお話するのはいずれということにいたしましょう。あなたがどちらの反応をするかわかりませんからね。ときがくればお伝えいたします』

「今はだめなのか？」

『今はだめですね、ここで教えてしまうのはもったいないです』

ふふ、と笑い声を上げるウツクシの様子はとても気になるが、なにを言っても今は教えてくれなさそうだ。

早々に諦めて、ミノルは気になったもうひとつのことを尋ねた。

「山神さまは神さまなんだよな。それなのに血が流れているんだ？　それに呼吸もされるし、とても――とても温かいし」

普通の獣とはまるで違う雰囲気を持ち、その真白の姿も神々しく美しい。しかし神という別格の存在のわりには、実際に触れる山の神はどうも生き物のように思えてしまう。

他の神は知らないが皆、血が巡っているのであろうか。神であっても怪我をするのか。

『わたしどもの神は、かつてわたしどもと同じく生きていた者になります。それが千年以上のときを経て今の立場になったのだと以前お聞きしました』

「ということは……山神さまは本物の狼だったのか？」

『ええ、肉を食らい縄張りを争い、普通の獣と同じく過ごされていたそうですよ』

流れている血は、ミノルたちに流れている血と似て異なるものなのだという。そこには神通力が込められており、実際肌が裂かれても山の神の意志がなければ血は流れないのだという。

怪我をしても瞬時に治ってしまうし、それで死ぬことはなく、病気にかかることもない。不老不死に限りなく近く、体温はあるし呼吸もしているが、なくても問題はないという。それらはかつて自分の身体に当然のようにあったものだから、その名残で今も身体の機能をそのままにしているのだそうだ。

『やまがみさまね、ずっとまえにいたばしょでは、アヤカシってよばれてたんだって』

『初めのうちは、山神などではない、と呼ぶたびに不機嫌になられていたそうです。神など大層なものではないと。しかしわたしどもからすれば、十分神の領域にいるお方ですよね』

『みんな、やまがみさまってよぶんだよ！』

ウツクシが山の神を慕っているのが、その声音でよくわかる。

やはり厳しくされているのは人間であるミノルだけのようだ。小鳥たちも懐いているし、本来であれば親しみやすい神であるのかもしれない。

出会いがもっと違う形であれば、自分もウツクシたちのように楽しく山の神のことを話せただろうか。こうも拒絶されることもないのだろうか——そこまで考えたミノルは、内心で首を振る。考えたところでどうにもならないことだ。

『さあ、着きましたよ』

ちょうど話の区切りよく、目的の場所に到着した。

顔を上げると、いくつもの木に果実が実っているのが見えた。食べた覚えのある実ばかりで、ミノルはその景色に目を瞬かせる。

「こんな場所があったなんて……」

村の周囲は大抵狩りつくしてしまっていて、葉以外は丸裸にされた木ばかりだ。これだけ食べるものがあるのを見るのは久しぶりだった。

『人間たちはこの山の奥には来ませんからね。知らないのも無理はないでしょうが、この山は山神さまのお力が影響し、他よりは実りが豊かなんですよ』

「そう、なんだ……」

その力が村のほうまで届けば、きっと皆を助けることができる。そのためにはやはり、山の神に祈らなくてはならない。


再び意志を固めたミノルに気づかず、肩から飛び立った小鳥たちは楽しく歌う。

『ミノル、はやくはやく！』

『たかいところは、ヒダリがとってあげる！』

『ごはん、いっぱいあつめよ』

『それでげんきになって！』

身体がよくなればミノルは不帰山を去らなければならないことを忘れて、純粋に身を案じてくれる小鳥たちに曖昧な笑みを返す。嬉しかったが、いずれは消えなければいけない存在である自分。その胸中は複雑な気持ちだった。


高い場所のものは小鳥たちに任せ、ミノルは手の届く範囲で実を集めていった。初めは得意でない木登りもしようとしたのだが、あまりの覚束《おぼつか》ない動きにウツクシから、怪我をしてしまいそうで不安だから、止めるよう懇願されてしまった。

　ミノルが食べる分だけなので、必要な量はすぐに集まった。とはいえ一日分なのでそれなりに数がある。両腕いっぱいに抱えれば歩けるが、もし落とし、それを拾おうとしたらまた腕から転げ落ち、それを延々と繰り返してしまいそうだ。そんな不器用さも自覚しているので、持ち運ぶための包みとなる大きな葉を探すことになった。

『ミノルたちはここで休んでいてください。わたしが探してきましょう』

「でも」

『いいのですよ、わたしのほうがこの周囲には詳しいですから。あなたには小鳥たちの面倒をお任せします。すぐに戻ってきますから、あまりここから離れずにお待ちくださいね』

　穏やかながらに有無を言わせぬ圧力を感じて、それ以上食い下がることもできずにミノルは頷いた。

　ウックシを見送り、しばらく小鳥たちの好きな木の実についての会話に耳を傾けていると、ふとヒダリが思い出したように声を弾ませる。

『そうだ！　ミノル、おいしいきのみたべにいこ！』

『あっ、あそこだ！　ミギもいく！』

　小鳥たちは羽をぱたぱた広げてまるで踊るように喜び出し、ミノルの答えも聞かずに飛び出してしまった。

　慌てて追いかける。すぐそこかと思っていたが思いの外走らされ、小鳥たちが再びミノルの肩に戻ってきた頃にはすっかり息が切れていた。

　まだ体力が回復しきってないせいであるが、そんなことは忘れている小鳥たちは無邪気に肩の上で跳び跳ねる。

『ミノル、あれだよ！』

　ヒダリに示された先を見ると、赤い実をつけた低木があった。それがいくつか密集しているせいか、下のほうの影が濃く、鬱蒼《うっそう》としている。

小鳥たちは飛んでいくと、細い枝にとまって赤い実をついばんだ。

次々と実をのみ込んでいく姿に、ようやく呼吸が整ってきたミノルも傍に寄ってみる。

「どんな味がするんだ？」

『おいしいの！』

ミギは元気に言ったが、どうにも答えにはなっていない。

苦笑しながら、ミノルもひとつ手を伸ばしてみる。赤い実に指先が触れようとしたそのときだ。

「——っ!?」

木の下の影から、突然黒い手が伸びてミノルの首に絡みついてきた。

『ミノルッ』

小鳥たちが悲鳴を上げるように名を呼ぶが、首が絞まってうまく声が出せない。苦しくて、黒いそれに爪を立てて解《ほど》こうとするが、さらに肌に食い込んだ。

「う、ぐっ……」

喉が潰れそうなほどの圧迫に喘《あえ》ぐよう口を開けば、黒い手が口内に入り込んできた。

ただでさえ狭められ細くなっている食道に押し入られえずくも、強引に奥へと侵入する。苦しみのあまりに涙が滲む。

身体の中へ伸びた黒い手は、腹の中を引っ掻くように暴れ回った。叫びたくなるほどの激痛に、けれども声すらまともに出すことはできない。

ついには意識も霞《かす》み遠のいていく。

ふと頭に過る、死。

『まっくろおばけ、ミノルをはなせーっ』

恐怖に負けそうになったが、小鳥たちの声が聞こえてわずかに正気を取り戻す。

『あっちいけ、ミノルをいじめるな！』

霞む視界で、小鳥たちがミノルの身体に絡みつく黒いものを嘴で突いて攻撃をしていた。その懸命な姿に、全身に力が入る。

助けようとしてくれている。自分たちも黒い手に捕らわれるかもしれないのに、その危険を冒してまで。

それなのに、自分自身が諦めてどうしようというのか。

（死ねない……こんなわけのわからないものに、殺されるもんか……！）

どう力を入れても解けない黒い手に、ミノルは思いきり歯を立てた。

弾力はさしてなく、思いの外柔らかかった黒いものはあっさりと嚙み切れる。口内にあったものはするりと奥へ流れていき、首に絡みついていたものは分断されたことに慄《おのの》いたのか自ら離れていった。

ようやく首元を解放されたミノルは、自分の足では立っていられずにその場に尻餅をついた。しかしまた低木の下から嚙み切った黒いなにかが伸びてこようとしたのを見て、転がるように必死で逃げ出す。

がむしゃらに身体を動かして、先程の場所から距離を置いて振り返る。

もう黒い手はどこにもなく、赤い実をつけた木々が寄り添い生える自然があるだけだった。

（助かった、のか……？）

未だなにが起きたかわからない強い混乱を残しつつ、もう追いかけてくるものがないことに安堵する。しかし心臓はばくばくと早鐘を打ち、緊張は醒《さ》めきらない。絞められた喉も痛くて、呼吸もなかなか整わずにいた。得体の知れぬものに襲われた恐怖に身体は震えていて、自ら身体を抱きしめてやる。

『ミノルっ』

『だいじょうぶ？　いたいところない？』

ミノルを追いかけてきた小鳥たちが、肩へと降り立った。彼らの存在を感じられたことで、ようやく危険が去ったことを実感した。

鳥の表情はやはりわからないが、震える泣きたそうな声に胸を締め付けられる。

小鳥たちにそんな声音は似合わない。いつも楽しそうに、歌うように話している姿がぴったりだ。

そのためにも、大丈夫だよ、と言おうとした。心配はいらないと。しかしミノルの口から出てきたのは、苦痛に満ちた呻き声だった。

身体の中に、まだあの黒いものが残っていた。それが腹の中で暴れ、ミノルを苦しめた。

身体を折り曲げ悶絶《もんぜつ》するミノルに、小鳥たちはどうすることもできずに叫ぶ。

『たすけて、やがまみさま！』

『ミノルがしんじゃう……！』

小鳥たちの鳴き声は、必死なものなれどもあまりに小さく頼りなかった。


救いを求める声に、山の神は供をしていた獣たちを置いて山の中を風のように走った。

そして、ぴいぴいと懸命に鳴く小鳥たちと、そこで倒れるミノルの姿を見つける。

『やまがみさま！』

『ミノルがまっくろおばけにつかまっちゃったっ』

『どうしよう』

混乱している小鳥たちは、忙しく山の神の頭上とミノルの肩を行き来する。

「落ち着け。今様子を見る」

倒れ込み腹を押さえ痛みに耐えるミノルの身体には、山の神の目だけに映る半透明の黒い手が絡みついていた。

ミノルに近づき、絞め付けられた痕が残る首元をすん、と嗅げば、そこからはミノルの汗の匂いと、湿っぽい陰湿な〝やつら〟特有の匂いがあった。

「影に触れたか」

「――ま……み、さま……?」

ようやく山の神に気がついたミノルは、振り絞るように声を出す。

「――おい、口を開けろ」

言われるがまま小さく開いた口に、山の神は舌をねじ込んだ。

驚いたミノルが差し入れた舌を嚙んだが、山の神は気にせず胸に前足を置き逃げられないようにする。

鼻先を突っ込むようにしてさらに喉の奥へと舌を伸ばして、己の体液を流し込んだ。

「ん……ぅ、っ」

胸の辺りの毛を握り締められる。舌を押し返されるが、それでも離れずにいると、ミノルは与えられた山の神の唾液を飲み込んだ。

それを確認して、ようやく舌を引き抜く。ミノルはなにが起こったかわからないという心情をありありと映し出した、困惑の表情で山の神を見上げていた。

「……祓《はら》いきれないか。相当腹に溜め込んだな」

山の神の力を流し込むことにより、ミノルの身体に纏《まと》わりついていた薄く黒い影は姿を消したものの、体内の深くに染みついた匂いがとれない。それは中に入り込んだ影を消し去ることができなかったという意味だ。

それでも先程よりは痛みが減ったのか、ミノルはどっと疲れが増したような表情になったものの、強張っていた身体の力は抜けたようだ。そしてそのまま気を失ってしまった。

動かなくなったミノルを見て、耐え切れなくなった小鳥たちがまた騒ぎ出す。

『ミノル、しんじゃったの?』

『だいじょうぶだよね?』

「まだ、な。ともかく今は神樹に運ぶぞ。カシコイを呼んでこい」

山の神がもっとも信頼を寄せている獣の名を出せば、ミギが先に動いて呼びにいく。残ったヒダリは、不安げにミノルに寄り添う。

気を失ったミノルを眺めていた山の神は、己の胸がざわつくのを感じた。


身体が重たく、なにかが喉に詰まったように呼吸がしづらい。全身に水を被ったかのように冷えていて、指先の感覚は鈍かった。それなのに汗が滲み、身体の芯だけがうだるような熱を持っていて、ひどく気持ちが悪かった。

なにかが腹の中にいる。時折動いている。身を捩《よじ》ってみるがなにも変わらず、どうすることもできず、ただ苛《さいな》まれるしかない。


「起きろ」

なにかに呼ばれた気がして、ミノルは重たい瞼を持ち上げる。目の前に真っ白な前足が見えて、視線を持ち上げるとそこには山の神の顔があった。

「やまがみ、さま……？」

「ようやく意識を取り戻したな」

その言葉に、気を失う直前のことを思い出したミノルは、忘れていた恐怖に身体を震わせる。その姿を見た山の神は冷徹な声で告げた。

「単刀直入に言おう。このままでは死ぬぞ」

「――え？」

震えも止めて、ミノルは山の神を見上げる。

「おまえは〝影〟を体内に入れ込んだ。見ただろう、黒い手のようなものを。それが影だ。あいつらは生物の生気を吸う化け物とでも思えばいい。どうにかしようともしたが、おまえの中に入り込んだものは奥深くに隠れてしまってすべてを祓いきれなかった。

こうなればそう簡単に消し去ることはできない」

　山の神の気で満ちる神樹のもとへミノルを連れ戻し、体内に入り込んだ影の動きを阻んでいるため、今はまだ正気を保っていられるのだという。

　先程から腹の中で蠢《うごめ》くなにかの正体を知ると同時に、山の神の話は真実であると裏付けられてしまった。

「虚から出れば、おまえの中で影は暴れ回るだろう。生きているからこそ感じる苦しみがやつらにとっての好物だからな。そう楽には死ねず、痛みに転げ回ることだろうよ」

　淡々と語られる自身の状況に、ミノルは目を伏せながら身体を起こした。それだけで腹の中の影が笑うように爪を立てられたような痛みが走る。

　虚の外に出なければいいだなんてそんな単純な話ではない。一生をここで暮らしていくなど、できるはずもないのだから。そもそもミノルに生き残るという考えはなかった。

　相もかわらず、願うのはたったひとつだけ。

　顔を上げ、山の神を見る。

「――山神さま。どうかおれを食らってください。そして村にあなたさまの加護をお与えください」

　本当なら、影という穢れを抱える自分がこの願いを口にするなどおこがましい話とわかっていた。供物としても相応《ふさわ》しくないだけでなく、対価まで望むなどあってはならないことだろう。

　だがどう足掻《あが》いたところで、それ以上によい自分の使い道がない。もとが生贄。山の神の婿としてこの身を捧げるしかないのだ。初めからそのためにここに来た。

　どうせ死なねばならない道。ならばせめてその先にいるのが山の神であってほしい。

　本来は優しい神さまであるのだろう。確かに厳しい面もあり言葉は胸に突き刺さることもあったが、それだけなら獣たちに慕われることはないし、くしゃみをしたミノルに自分の尾を毛布代わりに貸してくれた優しさは本物であったと思う。

だから、他でもないこの山の神に食らってもらいたいと願うのだ。村のことがなくともきっとミノルはそう思っていたことだろう。

山の神にとんだ酔狂だと鼻で笑われるかもしれない。だが、それでいい。

叶うことなら、また山の神の毛並みに触れてみたかった。それに包まれ寒さを知らぬ夜を過ごしたかった。

そんな夢を思い浮かべながら、ミノルは頭を下げた。

「おれを、食らってください」

どうかせめて、死ぬのであればあなたの腹の中に。ともに過ごした一時で、少しでもおれを哀れと思ってくださったのなら、どうか。

最後の力を振り絞るよう声を張ったミノルの懇願に、山の神は平坦な声で答えた。

「おれは人を食わぬ。そう言ったはずだ。それが変わることはない」

どこにも同情が入らないきっぱりとした声に、ミノルは顔の下で指先を丸めて拳を握る。

これが何度目のやり取りになるだろう。何度願い、それの数だけ同じ答えを返されただろう。

冷ややかな言葉に、ミノルは顔をぐしゃりと歪《ゆが》める。

——少しだけ。ほんの、少しだけ。期待をした。

山の神が頷いてくれることを。もう助からないのであれば、村のことは受け入れてもらえずとも、ミノル自身に慈悲を与えてくれるのではないかと。

しかし、所詮はただの願望でしかない。

思い上がっていた自分を恥じる気持ちの中に、ほんのわずかな寂しさが混じるのもミノルの身勝手だ。

ただの人間と山の神。言葉を交わし、触れて、勝手に線引きが曖昧になったと思い込んでいただけのこと。ミノルが本当の意味で山の神に近づけたことなどなかったのだ。最後に現実を思い出せてよかった。

　村への恩を返すことができないことだけは悔いが残る。申し訳ないと、役に立てなかったと心苦しい。これから冬に向けさらなる困難が待つ皆に、結局なにもすることができなかった。

　今も腹の中で違和感となる影は、もしかしたらそんな自分に与えられた報いなのかもしれないとミノルは思う。

　だがこの山で少しの時を過ごせて確かに幸せだった。だからここへ来たことへの後悔はない。

　それでも、できることならせめてもう少しだけ。後ほんの少しだけでも、ここに――。

「……っ」

　拳を握ったまま、顔を俯かせたまま勢いに任せて立ち上がる。

　一歩を踏み出したが、力が入らずふらりとよろけてしまった。それでも木の壁に手をつきながら外へ出ようとしたところで、背後から声がかけられた。

「どこへいく」

　どこか咎《とが》めるような、先程のものよりも尖《とが》った山の神の声。

「ここから出れば苦しむと言っただろうが」

　背を向けたままミノルは答えた。

「ここではない場所に行きます。神樹は神聖なる場所。本来、おれなんかが足を踏み入れてはいけないところです。いつまでもいられません。だから、ここではない場所へ。これまでお世話になりました」

　苦しみとはどれほどのものであるだろう。だがそれでも出ていかねばならない。

　這《は》いつくばってでもここから離れよう――そう覚

悟して、いよいよ虚の口を跨《また》ごうとしたときだった。

ミノルの服の裾を山の神が咥えて引っ張った。踏ん張りの効かない身体はあっさり体勢を崩して後ろに倒れる。

襲いくる衝撃にぎゅっと目を瞑って身を縮めたが、予想していた痛みはなく、代わりに白い毛並みに受け止められた。

突然のことに放心するミノルの顔を覗き込み、山の神は言った。

「奥深くに入り込んだ影は、そう簡単には消し去れないとは言った。だが、できないとは言っていない」

「……え」

山の神の言葉を思い返すと、確かにそんな風に言っていた気がする。

「おまえが助かる方法がひとつだけある。その身におれの精を受けることだ」

「……せ、い？」

「ああ。簡単に言ってしまえば、おれとおまえとで疑似的な交尾をするということだ」

山の神の発言にミノルは言葉を失った。

疑似的な交尾。山の神の精。その身とはまさかミノルの身体のことを示しているというのだろうか。

「な、なんの、冗談をっ」

「冗談？　こんなときにそんな悪趣味な冗談など言っていられるか。おまえ、自分の状況をわかっているのか。このままでは死ぬのだぞ」

山の神の瞳に険が宿る。

凄《すご》まれて、ミノルは怯《ひる》みかけた。

「で、でも、そんな……おれ、男だし、山神さまも男神さま、でしょう？　それに身体も違うのに、こ、交尾、なんて……っ」

山の神の身体は獣の、狼のものだ。交尾をするといっても人間のミノルとでは無理があるし、体格の差もある。

できっこない、とただでさえ青い顔からさらに色を失《な》くしたミノルに、しかし山の神はきっぱりと言い放つ。

「それでもそれ以外、体内に入り込んだ影を祓う術《すべ》はない。このままでは死ぬだけだ」

このまま影に殺されるか、それとも山の神と交尾をして生きながらえるか——そんな極端な選択肢を突きつけられても答えはそう簡単には出せない。

「死んでもいいと言うのか」

黙り込むミノルに、山の神の声に苛立ちが加わる。

死は恐ろしい。今死んでもなんにもならないから、よりいっそう死が恐ろしく思える。だがそれでも拒否しようとは思えない。

だって、生きていたってなんの役にも立たない。村のために供物と選ばれても山の神には食らってもらえず、たとえ今生きのびて村に戻ったところで居場所なんてない。かといって山の神は願いを叶えてはくれない。

身体が癒えれば不帰山からも下りなければならない。そういう約束だ。

もし、他の村に行ったとして。容姿が周りと違うミノルはやはり受け入れられないだろう。なにをやってもどんくさいから役に立てるとも思わない。

死んでもいいとは言わない。けれども、生きる理由がない。

ついに下を向いたミノルに、山の神は吼《ほ》えた。

「——生きろ！」

真っ直ぐ通る声が鼓膜を震わせる。

ミノルは弾かれたように顔を上げた。

「おまえが今生きることをつらいと思うのならそれも仕方あるまい。おまえの苦しみはおまえのものだ。だが少しでも死を恐れる気持ちがあるなら、おれに食われたいと願うのならば、まずはとことん生き抜いてみせるくらいの根性を見せてみろ。死などそこらにたくさん転がっているが、生きることはそう簡単に摑んでいられるものではないのだぞ」

転んで打ちどころが悪ければ死ぬし、獣に襲われれば人間であるミノルはひとたまりもない。逃げ切ることもできないだろう。風邪をこじらせても生命の危機となることはあるし、死は案外、日常のどこにでも潜んでいる。それこそ、突然襲ってきた影にのまれて命を落とすこともあるのだ。

「本当は生きたいのだろう。おれに言ったあの言葉は嘘《うそ》ではなかったはずだ」

生きて愛されたかったと、消え入りそうな声で以前吐露したミノルの本心は、結局は誰にも届かないものだと思っていた。しかし、山の神は受け取っていたのだ。

（おれは……）

本来であれば、消えるしかない命。しかし今、ミノルは選ぶことができる。

山の神の言葉に諦めていた心が大きく揺さぶられる。しかし死にも生にもどちらにも手を伸ばせずに狼狽《うろた》えるミノルに、山の神は大きく鼻から息を吐き出した。

「それにだな、ここはおれが守護する山。ここで影に襲われ死んだ者など出せるものか。わかったのならとっととその尻を出せ！」

「……ふはっ。そんな言い方って、ないです……」

耐えきれず笑ったミノルは、ぽろりと涙を流した。神とは思えぬ言葉にどうにも気が抜けてしまったらしく、涙が次々に溢れてくる。

「生きます。まだ死ぬの、怖いです。だから生き抜きます」

自分の価値がわからず、この先どこへ行けばいいかもわからず、不安ばかりが積み重なる。だからいっそのこと逃げてしまいたかった。

だがまだ、死を恐れる気持ちが残っている。こんな状況でもまだ、踏ん張れるんじゃないかと前を向こうとする自分がいる。

ならば諦めるわけにはいかないだろう——きっと、温かいことをたくさん教わったからだ。またあの気持ちを感じたいと、そう願ってしまったから。

今まで厄介者だったミノルに、生きろと言ってくれたのは山の神が初めてだ。もっとも遠い方であるはずなのに、真っ直ぐに胸に届く声はこれまで傍にいた誰よりも近く感じた。まさに目の前にいるのだと、その熱さえ感じられる。

相変わらず狼の表情はわからない。けれども、ふっと柔らかくなった眼差しに、山の神が満足げに笑ったような、そんな気がした。


ようやくミノルの涙が収まった頃、一度虚の外に出た山の神は木の器を咥え戻ってきた。それはミノルが水を飲むときに使用しているもので、以前カシコイがどこかから持ってきたものだった。

下に置かれた器を覗き込めば、中には水ではない粘ついた液体が入っていた。

「これは？」

「山のものを混じり合わせ作ったものだ。これで、自分で尻を慣らせ」

「——はい……」

もう前置きはいらないだろうという簡素な言葉に、ただ頷く。

一度覚悟を決めたとしても、やはり未知の行為への恐怖が残る。それを抑え込み、寒さからか影の影響からか、それともこれから待つものへの恐れなのか、自分でもわからず震える指先をそっと伸ばした。

器の中の液体に触れる。粘りの強いそれは肌に絡みついてきて、試しに人差し指の第一関節まで沈めて上げてみれば、糸を引くようについてくる。透明な液体の中には混じり合わせたという葉やら実やら山のものが見えた。

これで山の神を受け入れられるまでにしないといけない。こんなことに付き合ってくれる山の神を待たせるわけにはいかないと、ミノルは木の器を手にとる。

しかし、それから先が困ってしまった。

「……虚から下りてやってきます。準備が終われば戻ってきますので」

「おまえの頭は小鳥ども以下か。虚の外へは出るな」

「で、でも」

「早くしろ。おれのを最低限入れられるまで慣らすにしても時間がかかるんだ」

これからすることを見せたくない。だが一人にしてほしいと願ったところで山の神は聞き入れてくれないだろう。

器を置き、躊躇《ためら》いながら下衣に手をかけても、蒼い目は真っ直ぐミノルに向けられたままだった。

「あの……目を逸らしては、いただけませんか？」

「一人ですべて終わらせる自信があるのならばもう一度そう言ってみろ。――どんなものかもよく知らぬくせに。ある程度は手伝える。我慢しろ」

冷たく突き放すように言った山の神だが、思わず口を噤《つぐ》んだミノルを見て少しの間を置き、溜息混じりに再びミノルを見た。

視線を向けられることに意味はあるのだとしても、羞恥は拭いきれない。

重たい身体を動かして下をすべて脱いだ。半裸となったミノルはこれ以上ないほど顔を赤くさせるが、山の神は平常を保ったままだ。

「膝立ちになれ。身体がつらいのであればおれの身体に手をつけ。変な遠慮をしてみろ、今すぐつっこんでやる」

「――っ」

脅しのような言葉に従い山の神の目の前で膝立ちになる。

晒される下半身を手で隠していれば、早くしろ、と促された。

恐る恐る手を退《ど》けて、一度置いた器を手繰り寄せる。それからまたもたついていると、大きな舌打ちが虚に木霊《こだま》した。

「遠慮するなと言っただろうがっ」

腹立たしげな山の神の言葉に耳を叩かれ、ミノルは身体を竦めた。

不意に、縮こまった身体が前に倒れる。するりと背中を撫でた尾に引き倒されたのだと気づいたときには、完全に山の神に身を預ける体勢になっていた。

慌てて離れようとすると、顔を寄せた山の神ががくわりと牙を見せつける。

「何度言わせればわかる。そんなに残酷に犯されたいか」

「お、おかっ……⁉」

「そうでないならこのまま続けろ。重たくもないし汚れれば洗えばいい。なにをやってもおれが許す。それよりも変に遠慮されるほうが余程迷惑だ」

「も、申し訳ありません……」

この先ミノルが悩むであろうことを一気に釘《くぎ》を刺され、その寛容さにただただ頭を下げるしかできなかった。

「腰を突き出し、上半身はこちらに預けろ。指示通りに動け」

「――はい」

指示通りに動き、次に指先にあの粘着質な液体を絡める。三本で掬《すく》うように持ち上げ、なににも覆われていない無防備な下半身へと手を伸ばす。

そのとき、指の下に回った液体がぽたりと垂れる。それは虚の中を汚すだけでなく、ミノルのふくらはぎにも落ちて、その冷たさに身が竦んだ。

「ぅ……」

怯えながら後孔の表面に塗っていく。太腿にも垂れていく感覚に肌がざわめく。

不快感にミノルが小さく声を漏らすと、気遣うように山の神の尾が背中を叩いた。

「次は指を一本、挿入してみろ。濡らすことを忘れるな」

ミノルは頷き、再び器へと手を伸ばして液体を指に纏わせる。そして後孔へと指を宛がった。

だが、そこから先には進めなくて。

「どうした」

「……っ」

返事をすることもできないほどに強張ってしまったミノルの頬を、山の神は鼻先で撫でた。

「ゆっくり、息を吸え……吐け。もう一度だ」

言われた通りに呼吸を繰り返す。ゆっくり、何度も。

「息を吐け。――吐きながら、少しずつでいい、指を動かしてみろ」

口からそろそろと息を吐き出しながら、言われるがまま宛がっていた爪先を、そっと中へと押し入れる。

「……ぅ」

整えたはずの呼吸はすぐに乱れ、強い違和感と痛みにすべてが振り出しに戻った。また動けなくなってしまい、次に進むことができなくなってしまう。

なんと情けないのだろうか。待たせるわけにはいかないのに、こんなに怖がり、みっともなく怯えて。

無理に押し進めれば、自分の指だというのに身体は拒んでぎゅうと力が入る。無意識の拒絶に構わず動かそうとしても、やはり全身が嫌がってしまう。

「すみ、ませ……っ」

絞り出した声も震える。毛を握る手も、預ける身体もすべて。すべてがミノル自身のふがいなさを山の神に伝える。

謝ったところで、動けなければ意味がない。ミノルが焦っていると、山の神は小さく息を吐いた。

肩にかかった鼻息に呆れられたかと恐怖に駆られていると、身体を起こすように指示される。

後ろに当てていた指を戻して、ミノルはその場に座り込む。山の神に預けていた上半身も起こすと、包んでくれていた温もりが消え冷たい空気に身体が凍えた。

申し訳なさになにも言えずに俯いていると、おい、と呼ばれて顎で壁を示される。

「そこに手をつき、尻を突き出せ」

「……はい」

手をついた神樹の壁は、先程までしがみついていた山の神と違ってかたく、木であるから冷たくはないがそれ以上の温もりも持たない。肌をくすぐる毛もなく、山の神が背後にいるのに孤独を感じた。

「もう一度指を宛がってみろ」

淡々とした声に促されるまま、片腕をまた後ろへと伸ばす。

そこまではどうにかできるのに、後孔に触れた途端、縛りつけられたようにミノルは動けなくなる。

それでもどうにかしなくてはいけない。ミノルが何度目かになる無理をしようとした、そのときだ。ぬるりと生温かく湿った柔らかいものが、ミノルの指を押し上げた。

「いっ……」

押されるままに指は中へ進み、その痛みに咄嗟に声が上がる。だがそれよりも、指が埋まった場所を舐める温かいもののほうに意識が向く。

その触れてくる感触には覚えがある。

そんなわけがない。そう思いながら恐る恐る振り返る。

視線の先にはミノルの下半身に顔を寄せる山の神

がおり、開いた口からは舌が伸びていて。

状況を理解できず、頭が真っ白になる。

「な、なにをして……！」

「黙れ。口を開く暇があったら自分で指を動かせ」

山の神は言い終えればまた舌を器用に操り、ミノルの指を身体の奥深く埋めていく。唾液を注ぎ込みながらさらに奥を解すように指を進めさせた。

肌を何度も柔らかく熱い舌が撫でる。それは指に広げられる縁にも触れて、もう恐怖心とは別の泣き言がこみ上げてきた。

「き、汚い、ですからっ。自分でやりますから……っ」

「自分でできないのだから、おれに任せていろ」

淡々とした調子で答えられるが、ミノルは激しく首を振る。しかし舌は離れることもなく、それだけでミノルの手を上手に操作する。

爪先を入れるだけでも苦労したのに、山の神が持つ熱が凍ったようにかたくなった身体を溶かしたのだろうか。痛みは徐々になくなっていくが、やはり強い違和感が残る。

「う、はぁ……っ」

いつのまにか詰めていた息をミノルは吐き出す。その頃には二本の指が根元まで入っていた。

三本目を足そうとしても身体の強張りが抜けきらず、まだ山の神を受け入れるには十分でないのに、後孔は二本の指だけでもきゅうきゅうに締め付ける。

「手を退けろ」

短い指示に指をやっとの思いで引き抜き、濡れたその手で目の前の壁に手をつく。

今度はどうすればいいのかと山の神に尋ねようとしたとき、下半身にもう十分知った湿った感触を覚えた。

「っ、え……？」

振り返れば、少し前に見たような光景がまた繰り返されていた。ただ、そこにミノルの手はもうない。

それなのに、身体の中に浅く入ってくる柔らかく熱いもの。その正体に思い当たり、ミノルは悲鳴のような声を上げる。

「――だめ、だめですっ」

前に逃げるが、なお追いかけてくる厚い舌。

ミノルは離れようと暴れたが、山の神は太い前足の一本をミノルの背に乗せ、上半身を倒させて動きを封じてしまう。

這いつくばってでも逃げようともがいたが、山の神の力には敵わない。

「や、山神さま……っ！」

ミノルが激しく首を振ると、それまで浅い抽挿を繰り返していた舌は離れていく。それにミノルは胸を撫で下ろすが、すぐにまた息を詰めることになる。

「……あ」

舐められ濡らされたそこに今度は別のものが触れた。舌とは違う細く硬いそれが、きつく窄《すぼ》まる場所にひっかけられる。

それがなんであるのか、理解をしたミノルは顔を蒼くさせる。

「このままではおれのものは入らない。ならば、裂くしかあるまい。今どんなに慣らしたところで血を見るのは避けられないのだから、手っ取り早くいくか」

冷淡な声音とともに、後孔にひっかけられた山の神の爪が下に向かってやや力を入れた。

触れただけで傷つくわけではないが、それでも山の神の爪は十分に鋭い。このまま爪を下げ続けられれば裂けてしまうだろう。

「っ……」

傷つけられて喜ぶような身体ではない。想像した血の色に全身に力が入る。力むほどに傷がつきやすくなるとわかっていても、ミノル自身どうしようもできない。

後孔に爪をひっかけたまま、再び山の神の舌が這い、皺《しわ》のひとつひとつを伸ばすように丹念に舐めていく。

頑なに力の入っていた身体だが、時間が経つにつれ恐怖よりなにか別のものが奥底から滲み出てくる。

「はぁ、っ、ぁ……」

喉の奥から声が零れる。やっとのことで立てている膝は今にも崩れ落ちそうだ。

いつの間にか握り締めていた木の葉を手放し、両手で口を塞ぐ。これ以上情けない声を上げたくはなかった。

山の神は舌の先端をミノルの中へ押し込む。少しだけ入れてはすぐに外へ戻り、また入れて、何度もそれを繰り返した。

「ふ……ぅん――」

次第に山の神が触れたところから熱が広まり、身体が蕩《とろ》けていく。

身体の中心にあるミノルのものまで反応し、深く触れられるほどに芯を持ち、張り詰めていった。

「山神、さま……やま、がみさまっ」

これは治療の一環のようなもの。それなのに浅ましく感じている自分が恥ずかしくて、情けなくて、山の神に申し訳がなくて。

何度も山の神の名を呼んだ。止めてほしかったからだ。しかし制止の声は聞いてはもらえずに舌は出し入れを繰り返す。

ついにミノルが涙を滲ませる声を出すと、ようやく山の神は顔を上げた。

「――これからすることは影を祓うためとはいえ、代償として痛みが伴う。それを少しでも緩和させるためだ、耐えろ」

慣れない行為に混乱しているミノルをあやすような、どこか優しい声。

振り返る気力はなく、ただ息を乱して山の神の言葉を聞いた。応えずにいれば、ふやけたのではないかと思うほどに執拗《しつよう》に舐められるそこへまた舌が伸びる。

「ふ……ぅ、んっ」

噛み殺しきれない喘ぎ声を手で抑えながら、頭の中で山の神の言葉を繰り返す。

影を祓うため。痛みを伴うもので、それを少しでも楽にするために今の行為がある。

それはきっと、ミノルのためにしてくれていることで。

恥ずかしくて、そんなところ舐めないでほしくて、だから何度も嫌だと言ってしまったけれど。

ようやく、最後まで怯えていた心にまで温もりが届き、染まっていく。

「っ……ぁ、う……っ」

口を覆っていた指先を離せば、噛みしめる歯の隙間から鼻にかかる声がすり抜ける。本当に自分のものかと疑いたくなるような声を山の神にも聞かれているのかと思うと、羞恥に頭がくらくらとしそうだ。

ミノルが自分の尻たぶに手をかけると、山の神は動きを止めた。じっとそこに向けられている視線を思うと手が止まりそうになる。それに耐えて、ミノルは指先に力を入れ自ら尻たぶを左右に開いた。

指も舌も出入りした場所が強引に開かれ、閉じたくてきゅうっと力が入ってしまう。

あらぬところを見せつける行為に、気を失いたくなるほど恥ずかしい。それでも、震える手で開いたそこを支える。

山の神はミノルを見捨ててもよかったのだ。煩わしいだけのミノルが死んでいったところで、その原因は影なる者であるし、知らん顔しても許される。そんな存在だったはずだ。しかし山の神はそうはしなかった。それどころかミノルに言ったのだ。〝生きろ〟と――。

その言葉に応えたい。

「指を入れろ」

穏やかな声に促され、離れていった爪の代わりにまた自身の指を入れて、山の神に動かされるだけでなく自分からも精一杯に慣らしていく。

いつの間にか器は逆さになっていて、中身もすべてひっくり返ってしまっていた。濡れることのないミノルの後孔をぐっしょりと濡らすのは山の神の唾液だ。

指が三本入ってからしばらく、山の神の顔が離れていく。

「手を退かせ」

もうろくに頭は働いてなかった。熱に浮かされたようにぼうっとしたまま、言われた通り下半身から手を離す。

葉音を立てながら腕を置くのとほぼ同時。

解されたそこになにかが宛がわれた。

「あ……」

熱く、大きいもの。それは本来自分のような者になど使われるはずのない山の神のものということはすぐにわかった。そしてそれが、ミノルの身体に到底入りきるものではないということも。

実物を見ていなくても、押し当てられただけでわかる。入るわけがない。

我に返ったミノルが首を振ったところで、一気にそれは中へと押し進められた。

「――ぁああっ！」

それまではふわふわと浮ついた、どこか心地よさを感じていたものが、容赦なく奈落へと引きずり落とされる。

咄嗟に逃げようと、這いつくばったまま虚の壁に爪を立て身体を起こそうとするが、山の神の前足に背中を押さえつけられ再び床に伏せさせられた。も

がき暴れたが、山の神はさらに腰を押し進める。

狭いところへ、強引にねじ込まれる熱のある杭《くい》のようにかたく太いもの。蕩けていたはずのそこは、限界まで引き伸ばされ、けれどもまだ広がりが足りないと縁が裂けて太腿に赤い線を引く。

喉の奥から上がるものはひどく掠れていて。

悲鳴さえも上げられなくなり、目の前が真っ暗になった。


山の神との行為に及んだミノルは、挿入時の痛みのあまりに気を失ってしまった。ねじ込まれていたものが抜かれて一度呻いたが、目を覚ますことはなく、それ以上の反応もなかった。

人間の身では受け止めきれなかった白濁が肌を伝い垂れていく。それが下に敷かれた枯葉に落ちる頃には、白色は赤と交わり色を変えていた。


ふたつが混じり合った匂いに、山の神は胸をざわつかせるような不快を感じた。

ミノルの下半身へと舌を伸ばす。そこから溢れる白濁もろとも、血が止まるまで傷口を舐めた。

やがて出血は止まり、山の神が出したものも蕾《つぼみ》の奥以外には存在しないのを確認してようやく顔を起こす。

中に残った山の神の精子で傷ついた身体も早くに癒えるはずだ。後は――。

鼻先をミノルの口元へと持っていき、口でされる呼吸の匂いを嗅いだ。すんすんと鼻を鳴らし、確認がとれたことでミノルの顔へ目を向ける。

「――よく耐えた」

それは山の神が初めて口にしたミノルへの労《ねぎら》いの言葉だった。気を失う彼がそれを聞けないからこそ出たものでもある。

ミノルを蝕《むしば》んでいた影は山の神の力で消え去った。

まだ傷つけられた内側は癒えきってはいないが、それも時間が経てば治るものであり、もう死の心配はない。

山の神はミノルの肌に舌で触れる。汗も汚れも全身すべてを舐めとり、最後に顔に残る涙の痕を拭う。それが終われば今度は、力なく倒れ込むミノルを包むように丸くなった。

肉を食えないからなのか、ミノルはあまりに軽い。しかしこの頼りない肩にのしかかるものがどれほどの重さであるのか、山の神はもう知ってしまった。

枯渇する地に恵みをと、村人の願いを一身に託される重責。家族がいない彼に帰る場所など用意されているわけもない。神の供物として死ぬことだけを望まれているのだ。

その対価としてミノルが求めるもの。あまりに、哀れなもの。それももう山の神は知っている。

しかしよりミノルを知ってもなお、人間を食らう気は微塵《みじん》もない。

目を閉じる。ミノルが流した血を見たのがいけなかったのか、瞼の裏にはごうごうと燃え上がる赤が浮かんだ。

頭から消し去ろうともさらに炎は思考をのみ込む。それと同時に、心にもやけどのようなじくじくとする痛みを生ませる。

大分薄れたと思った記憶。しかしミノルが来てから、少しずつ蘇っていたもの。

腹に乗る微《かす》かな重みに絆《ほだ》されそうになる自分がいることには気づいていた。しかし己はこの山を守護する者であるのだ。

――もう、繰り返すものか。

そう自分に言い聞かせ、穏やかとは言えぬ他人の寝息を聞きながら、山の神はそっと心に映る赤を打ち消すような蒼い瞳を瞬かせた。

朦朧《もうろう》とする意識の中、ひとつの景色が浮かぶ。

辺りは炎に包まれていた。夜の闇の中でそれがすべてを赤く照らし、一面にあったはずの緑をのみ尽くす。

――やまが、いのちが、きえていく。

ごうごうと炎は燃え上がり、時折木の爆《は》ぜる音が、獣の悲鳴が聞こえる。

「うらぎ、られた……」

ぽつりと、そんな言葉が呟かれる。

「裏切られたのか」

――信じて、いたのに。それなのに。その結果がこの仕打ちと、そう言うのか。

眼下に広がる噎《む》せ返るほどの熱に、真白の狼は深い絶望と憎しみに咆哮《ほうこう》した。

「おのれ人間――許さぬ、許さぬぞ！　浅はかな者どもよ、貴様らのことは決して忘れはせんぞ……！」

怒りに満ちた怒号。けれどもそれは彼の泣き声だ。心の奥底では抱えた痛みに涙しているのだ。

そう、ミノルは炎に吠える白い狼を――山の神を見て、その蒼い瞳に深い悲しみを感じた。


はっと目を開けると、視界はすべて白に覆われていた。この柔らかく温かい居場所はよく知っていて、すぐに山の神の上にいることを悟る。

「ぁ……」

思わず出した声は掠れていた。それでも山の神は微かなその音を拾い、ぴくりと耳を動かすと、腹にいるミノルを振り返る。

見えた蒼い瞳に、何故か息が詰まった。

山の神はミノルの顔を見るなり目を細めて、顔を寄せてくる。

なにも告げないまま、頬をべろりと舐められた。

目尻のほうまで、両頬に舌を這わせてから離れていく。

「何故、泣いている」

「……え？」

静かな声に問われて、無意識に手は目元へ向かう。

そこに触れてみるが、山の神の舌が撫でたから湿っているだけで涙の痕は確認できなかった。だが山の神がそう言うのだから、ミノルはきっと泣いていたのだろう。

「――夢を……悲しい、夢を見ていた気がします」

それは赤に染まる夢だったと思う。よくは覚えていないが、すべてが消えていくような途方もない喪失感のある、とても悲痛な――。

山の神はただ一言、そうか、とだけ言った。

「そんなもの、早く忘れてしまえ。それよりももう起きていられるくらいには回復したか？」

「あっ……申し訳ありませんっ！　今、退きます」

ようやく自分のいる場所が山の神の上ということに気がついて、ミノルは起き上がろうとする。しかし意思に反して身体がついてくることはなく、腕に力が入らずにまた同じ場所へと倒れ込んだ。

再び白毛の中に埋まる。そのおかげで痛みはまったく感じられなかったが、心は焦る一方だ。

もう一度謝罪を口にして離れようとしたところで、山の神の尾が背にのしかかった。

「じっとしていろ。まだ本調子でないのだろう。ならば動くな」

「ですが」

「おれがいいと言っている。それともなにか、また乱暴にされて気を失いたいか」

「そ、れは……」

言葉を失うミノルに山の神もしまったと、つい言ってしまったというように一度目を開き、それから気まずげに鼻先を逸らした。

悪意を持って告げられた言葉ではない。咄嗟に出てしまったのだと理解しているつもりだった。しかしあのときの痛みを思い出した身体は動かなくなり、結果として大人しく山の神の身の上に留まることになる。

ミノルも気まずさを感じて顔を横へ向けると、月明かりだけの世界が目に映った。

山も眠る時間の中で唯一聞こえる、山の神の呼吸に耳を傾ける。

息を吸うのと一緒に膨らむ腹。ミノルの身体もそれに合わせて動き、山の神の上にいるのだと実感する。

(――大丈夫、ここは怖い場所じゃない。だって、ここには山神さまがいる)

そう思うと、不思議と心が穏やかになった。

肩から力が抜けたミノルは、ふう、と息を吐く。

そのときに身体があまり痛くないことに気がついた。

あの瞬間の痛みを確かに覚えている。あまりのつらさに気が遠のいたことも忘れてはいないのに、下半身は重たく気だるくはあるが、気になるほどではない。

とてもではないが、この程度で済むはずの行為ではなかったはずだ。

以前カシコイが、山の神は傷を治癒する力があったと言っていたから、そのおかげなのだろう。なにかが腹を引っ掻くような痛みもなくなっていたので、影も完全に消えたようだ。

(たくさん、世話になっちゃったな……)

馴れ親しんだあばら家を出たあの日、こんなことになるなんて予想もしていなかった。突きつけられた現実は苦しかったけれども、この数日は、これまでの人生で一番濃厚で、そしてとても満たされた時間だった。

ミノルは山の神の尻尾を退けて、今度こそ起き上がる。

山の神の鼻先が向けられ、何故動くのだ、とでも言いたげな不機嫌を露わにする眼差しに睨まれた。

ほんの少し前の自分であれば、きっとその視線に萎縮して動けなくなっていただろう。だが今となっては、それほど恐ろしいものでないと知っている。

山の神から離れて、端に丸まっていた服を引き寄せ下を穿《は》く。

身なりを整え、一連の動作をじっと眺めていた山の神に向かい直り、深く頭を下げた。

「今までお世話になりました。夜が明けたらこの山を下ります」

顔を上げると、山の神の右耳がぴくんと動いた。

「村に帰るか」

「――帰りません。帰れませんよ、役目を果たせなかったんですから。おれの居場所はもうあの村にはありません。もしあるとするなら、それはきっと山神さまの腹の中でしょう」

「食わんぞ」

「わかっています」

予想通りの反応にミノルが頬を緩ませると、山の神は不可解そうに目を細める。

「行く宛てはあるのか」

「ないです。おれは村の周りくらいしか知りません」

笑みを消し、ミノルは首を振る。

他の村へ行くこともなかったから、自分が知っている世界というのがいかに狭いか、十分理解している。

「宛てもなく彷徨《さまよ》えば折角助かったその命、無駄にするだけだぞ」

「そうならないよう、頑張《がんば》ってみます。ですから夜が明けるまではここにいさせてください」

頭を下げれば、返されたのは長い長い沈黙だった。

山の神が口を閉ざすのならミノルも顔を上げるこ

とはない。わかった、の一言を待つ。

もしだめだと、すぐに出ていけと言うのであれば それに従うつもりだ。——きっと、山の神はそうは言わないだろうが。

「何故、山を下りようと思う。おまえの願いは村へ加護をもたらすことではなかったか」

「それは……」

村への恩を忘れたわけではない。

それでもミノルはもう、決めたのだ。

「山神さまに救ってもらったこのご恩に、どうやったっておれが返せるものなどありません。ですからせめて、おれが来る前の平穏を山神さまにお返しいたします」

村の皆からは恨まれることだろう。だがミノルはもうこの身を食らってほしいなどと願えない。

何故なら、それを心から求められなくなってしまったから。

「——ごめんなさい。おれ、それくらいしかできません。もっとちゃんと役に立てるようなこと、できればいいのに。ごめんなさい、ごめんなさい……おれ……なにも、できなくて……ごめんなさい」

堪えようと思うのに、強く拳を握ったところで震える肩は、声は弱さを晒す。だめだとわかっているのに目元は濡れていく。

——どうしようもない、馬鹿だから。

もっとできることがあれば、村の未来も山の神の平穏も、すべてがうまく回って、自分の望みを叶えることができただろうか。だが今のミノルにはどちらかひとつしか選べない。

そして選んだのだ。赤ん坊の頃から十八年間育ててもらった恩より、短い間に与えてもらった穏やかな一時の礼をすることに。

もう決めたこと。なのにそれでも、口に出しても、やっぱり後悔が溢れ出す。

思い浮かぶのはミノルが山の神の花婿になるのだと決まったときの村人たちの表情で、そんな彼らを裏切らなくてはならなくて。

ぽたりぽたりと、目の前にいくつもの雫が落ちていく。

「ごめ、なさ……っ」

今流すこの涙が村へ降る雨となればいいのに。ミノルに与えられた名が表すような、なにかの実りとなればいいのに。――そんなことあるわけがない。神であればまだしも、ただの人間にそんな力なんてないのだから。

ただの人間である自分がなすべきこと。それは示されているはずなのに、なにを願わなくてはならないかわかっているはずなのに。

知ってしまった温もりが、ずっと奥底に凍らせていた本当の心を溶かしてしまった。気づいたからにはもう、ただ純粋に加護を求めることはできない。

「ごめんなさい……っ」

本当の望み。村への加護でも、山の神の平穏でもなんでもない。

――ねえ、こっちをみて。ここにいる。おれは、ここにいる。

おねがい。ぎゅっとして。

おねがい。おれをあいして――。

それはミノルが自分のためだけに求めたもの。

ミノルは選んだのだ。より自分との思い出を大切にしてくれそうなほうを。そしてその人たちのために行動することを。平穏を返すから、せめて良き思い出として心の隅にいさせてほしいと。

「おまえは――」

長い沈黙の末、ようやく出された山の神の声は重たく、ミノルの肩は不安に跳ねた。

敷き詰められた葉が音を立て、山の神が動いたことを知る。

逃げ出したくなる衝動を抑え、返答を待っていると、頭上から声が降った。

「顔を上げろ」

「――っ」

すぐに指示通り動くことはできなかった。それでも鼻を啜りゆっくり頭を上げると、すぐ先に山の神の鼻先があった。

水の膜に覆われる視界の中でぼやける白の姿。それでも美しい色を保つ蒼の瞳が揺らぎでなく確かに細められると、頬に生温かいものが触れた。

「……ぁ」

涙が伝った顎から頬へ、一度離れて頬から目尻へ。目を閉じれば瞼ごと。山の神の厚い舌が濡れた痕を辿り舐めとっていく。

「泣くな。おまえは泣かなくていい」

「あ、ぁ……っ」

言葉が終わるとともに、ミノルの涙はまた零れていく。何度も頬に光る筋を作れば、何回でも舌がそれを辿る。

「なにをそんなに謝る必要がある。なにをそんなに苦しむ必要がある。なにを、そんなに一人で背負い込む。おまえがそんなんだから馬鹿だと言うのだ」

いつまで経っても涙を止めないミノルの肩を山の神は鼻先で押した。仰向《あおむ》けに倒したミノルの上に覆い被さり、またも顔に舌を這わせる。

頬に当たる舌以外にも、全身が山の神の温もりを感じた。長い毛が揺れ動いて肌を撫でていく。

ミノルは目の前の狼の身体に腕を伸ばし、力いっぱい抱きついた。

「っ、ふ……ぅ、うう――っ」

首に顔を押しつければ、毛が濡れる頬に張りついた。呆れるほどに流れる涙が純白を濡らしていく。それでも腕を解けない。

「ああ、泣け泣け、存分に出してしまえ」

さっぱりとした山の神の声に促され、ミノルは幼子のように声を上げてたくさん泣いた。

ようやく涙が止まり、まだ湿る鼻を啜ったミノルは、ゆっくり一息吐いてから覚悟を決めて指を解いた。

身体を起こして山の神と顔を合わせると、また鼻先が頬に寄せられ、涙の痕を舌で拭われる。

本当に泣いてばかりだと、自分に呆れたミノルは、流した涙の分だけ少し軽くなった心で小さく笑った。それを見た山の神は面映ゆげに目を細める。

視線に気づいたミノルが見つめ返すと、顔は逸らされ、そっぽを向いたまま山の神は口先で呟くように言った。

「――ここにいろ」

「……ここに？」

山の神は浅く頷いた。

「おまえが村の者としてではなく、この山の者としてここに留まるのであれば、新たな仲間としておまえを歓迎しよう」

「かん、げい……」

初めて聞く山の神からの受け入れの言葉に、ミノルは瞠目する。

居心地悪そうにもそもそと座り直しながら山の神は続けた。

「まず、村の者どもは勘違いしているようだが、おれに雨を降らす力はない」

「え？」

「おれの力は影、つまりは邪を払うこと。山を侵そうとする悪しきものからここを守ることであり、自然を操るようなものなどではない。どんなに乞われたところでおまえの願いなど端《はな》から叶えられるわけもないのだ」

それでは今までミノルがしていたことは初めから無意味だったということになる。そして、苦しい村の現状を変えることもできないということだ。

「今は雨が降らぬ時期に入っているだけで、時がくればまた降り出すだろうよ。それまでは耐え忍ぶしかない。もとよりそう豊かな土地ではないし、幸に関してもおれがもたらせるのは微々たるものだ。なによりこの山だけにしか影響しない」

「そんな……じゃあ村は……」

「おれの守護の領域に片足もつっこんでいないのに気を配るわけがないだろう。そもそも人間たちはこれまでおれを信仰などしなかったどころか、存在すら知らなかっただろう。そんな不敬な輩《やから》に、たとえ乞われる力を持っていたとしてもなにもしなかっただろうよ」

ミノルは唇を噛み、村を想う気持ちと、もっともな山の神の正論との間で板挟みになる。


村に山神信仰の歴史はなかった。山の神の言う通り、本当に存在するかもわからないまま、過去の文献と偶然見かけた神々しい白狼の姿に縋っただけ。それだって、まさかその白狼こそが山の神とは思ってもいなかった。山の神のことなどなにも知らないから他の村に聞いて、山の神の姿思考を勝手に作り上げていった。そして選ばれたのが、村の厄介者であったミノルだ。

それがお粗末な調査であるとはわかっていたが、それでも村人たちは藁《わら》にも縋る思いでミノルを送り出したのだ。

山の神から見たそのミノルたちの行動は、さぞ不愉快なものであっただろう。最初の冷たい拒絶も今ならよくわかる。願いを乞う者が山の神についてなにひとつ知らないのだから、そこに不条理などない。

自らも村を見捨てておきながら、変えることのできない現状を突きつけられて、ようやく現実を知ったような気になる。自分ではなにもしないと決めるのも、山の神ですらどうしようもできないというのも、結果としては同じだ。村の現状は変わらない。しかし、今更ながらその事実がミノルの心に重たくのしかかる。

「いつか雨は降る。それまで不作が続いたとして、それを乗り越えられねばおまえたちはここでは暮らしていけないだろう。同じことはまた起こるのだろうからな。そのために、せいぜい苦しい今を糧に知恵を蓄えておくことだ」

どんなに思い悩んだところでミノルにできることなどないし、山の神に雨降らしの力はない。無知なこの頭で導き出される最良の対策なんてあるはずもない。

山も村も去ることを決めた。だが本当にそれでいいのだろうか。村に戻り、役立たずでもなにかできることがあるのではないか——。

「——おまえは、もう自由に生きていいのではないか」

自分がどうすればよいのか、村を想って心を揺らすミノルに、山の神は言った。

「おまえの村への想い、しかと見届けた。だからこそそれを認め、山の神という立場として、おれはおまえが守ろうとする村へ加護を与えよう」

「加護を……？」

「ああ。先程も言ったが、おまえの村は本来守護の対象ではない。だがおまえの見せた想いに応えるべく、これからは守護対象として村を見守ろう。雨は降らしてやれないが、村を害する者から守ると誓おう」

山の神が口にした誓うという言葉。それは彼の立場であるからこそ、人間が言うよりもはるかに重いものである。

山の神の言葉が胸まで響き、ようやく内容を理解する。

勝手に喉が震えてうまく言葉を伝えられそうにない。それでもミノルは声を絞り出して頭を下げた。

「ああ、ありがとうございます……っ！」

初めに望んでいたものではないが、十分すぎるほど寛容な決断を山の神はしてくれた。それは山の神が村にできる最大限の加護に違いない。

一度言った程度では到底足りないと、床に額をつけるほど深く頭を垂れて、ひたすらに感謝の言葉を繰り返す。

「顔を上げろ」

以前の山の神であれば、馬鹿のひとつ覚えのミノルの行動に溜息でもついていたことだろう。しかし声音に呆れた色はない。

頭を起こせば、穏やかな瞳がミノルを見つめていた。

「いいか、これはおまえの真摯な想いに応えてのことだ。ならばこそ、これでおまえは受けた恩を村へと返すことができただろう。後はやつらが自ら得ねばならぬ未来だ」

ミノルは目を瞬かせる。急なことに理解が追いつかない。それをわかっているのか、山の神は笑みの代わりに目を細める。

「おまえが邪険に扱われてもなおしつこく願い続けたからこそ、最後まで村を想い続けていたからこそ、だからおれは決めたのだ。村に恩を返せたのだと胸を張れ。己を誇れ。おれの心をおまえが動かしたのだぞ」

「おれ、が……」

しっかりと聞いているはずの山の神の言葉が、自分に向けてではなく、まるで他人事のように聞こえてしまう。

「もうあの場所に捕らわれることはない。もしおまえがここにいたいと言うのであれば、先程も言ったが、歓迎するつもりだ。だがそれでも去るというのであればもう止めはせん。役目は果たしたのだから村に帰るでもいいだろう。それが願いであるならば、もはや自由の身。己の気が向くままに進め。これから先のことは、おまえがしたいようにすればいい」

山の神のおかげで村に恩が返せたというのならもう贄になる必要もない。村にも戻ることができる。あのあばら家が残っているなら、きっとまた同じ暮らしができることだろう。山の神がここにいていいと言うのだから、山に留まることだってできるし、山を下りてどこか見知らぬ土地でまったく新しい人生を歩むのだって可能だ。

（おれのしたいこと――）

突然開けた、いくつかの道。

だが初めから、心はたったひとつに傾いている。

「本当に……本当に、ここにいてもいいんですか？ 山神さまのお邪魔になりませんか？」

「もう食えなどと無理強いしてこなければな。――神樹内がこの山でもっとも安全な場所であるし、今まで通りここを寝床にすればいいだろう。静かに寝さえすれば、許す」

言葉の途中でふいと鼻先でそっぽを向かれる。

「おれはおまえを食わない。理由は話したから納得もしただろう。食われる必要もなくなったのだから自由にしろ。ここにいたければ、いればいい――いや、その」

美しい白狼の横顔から目を逸らさずにいると、ちらりと視線だけが寄越された。

ミノルを見て蒼い瞳は細まり、尾が落ち着かない様子でぱたぱたと動く。枯葉を左右に掃き舞わせて、尾が置かれた場所だけ綺麗《きれい》にしてしまうと、山の神はようやくミノルに顔を向けた。

「……ここに、いろ」

ぶっきらぼうに呟くような声は、きっとなんでもないときであれば聞き逃してしまっていた。だが山の神の言動に注目をしていた今、聞き間違えるわけもない。

想像もしたことのなかった山の神の言葉に、ミノルは目を丸く見開く。

いればいい、というのはあくまでミノルの判断に委ねるものだ。しかし、ここにいろ、というのはそうではない。言った側の意思が含まれるもの。

「まあ、なんだ……山の者たちが、おまえがこのまま去ることを認めればうるさいだろうからな。出ていくにしろ、せめて皆の許可を得てからにしろ。おまえはもうこの山に関わっているのだから、一人で決めて勝手に出ていくな。おれが叱られる」

山の神の台詞は矛盾している。自由にしろというのに今度は許可を得ろなどと。叱られるなど、この山のいったいどこに山の神に詰め寄れるものがいるだろうか。

自分でも気づかぬうちに口元が緩んでいた。それを見た山の神が、なにか言いたげにしながらわずかに耳を下げる。その姿に、じわりじわりと胸に温もりが広がっていく。

――ああ、なんていうことだろう。ずっと居場所がなかったのに。赤子の頃から育ててくれた村の中にさえなかったのに、それなのに。

ずっと探していた。ずっと求めていた。たったひとつでいいからと願っていた自分の居場所は――。

「山神さま」

名を呼べば、ゆっくりと振り返る狼の顔。たったそれだけのことがとても嬉しくて。

「ここにいさせてください。おれができることは少ないですけれど、努力しますから、許されるなら山神さまの傍にまだいたいです」

「許すもなにも、先程からそう言っているだろう。おまえの好きにしろ」

「……はいっ」

　言葉に表すこともできないほどの幸福感。心の奥底から歓《よろこ》びがこみ上げて、それを噛みしめれば自然と顔いっぱいの笑みが零れた。

「そんな風にも笑うのか」

「え？」

「いや、なんでもない」

　ぼそりと呟かれた声は聞こえず、思わず首を傾げるが、山の神はまるで笑ったかのように声音を和らげてただ首を振る。

　長い尾がゆらりと持ち上がり、一度振って、山の神は口を開いた。

「――ミノル、こちらに来い。そこでは風邪を引く」

　顎で自身の腹を示した山の神に、初めて名を呼ばれたミノルが驚いていると、焦《じ》れたのか、大きな前足が伸びてくる。足が腰に絡むと、そのまま器用に山の神のほうに引き寄せられ、その腹に身体を預ける体勢にさせられた。

「今よりおまえはこの山の者となった。今後なにかあったときはおれを呼べ。守ってやる」

「ありがとうございます」

　村の者だったときから、なんだかんだと助けてくれていたのに。そうは思うが、かけられた言葉が嬉しい。

　ミギやヒダリにも、カシコイにもウツクシにも――改めて挨拶をしよう。そして礼を言って、これからもよろしくと、そう伝えよう。

「……ミノル？」

　顔に山の神の息が吹きかかり頬を撫でた。

　また名前を呼んでもらえた。これから先、何度でも呼んでくれるだろうか。

「眠ったのか？」

　もう少しだけ起きていたかったが、緊張の糸が切れた身体は疲れ切っていたこともあり、限界だった。

意識は深くに沈んでいく。それでも身体を満たす幸福感はちっとも薄まることはない。

きっと、山の神が分け与えてくれている体温のおかげだろう。相変わらず長い毛は少しくすぐったくも思えるが、心地いい。

(ずっと、ずっとこうしていたい。ここにいたい。山神さまと、みんなと一緒に——)

目尻を舐められる感触を最後に、ミノルは静かに眠りについた。


『どうして?』

『なんで?』

「——う、うぅ……」

両肩にそれぞれいる小鳥たちに迫られ、ミノルは唸る。それでも追求を止めない二羽に答えに窮していると、虚の外から声がかけられた。

「なにを唸っている」

「山神さま」

振り返ると、虚の口から山の神が入ってくるところだった。その後ろにはカシコイが控えている。

ミノルが端に寄り真ん中を空けると、そこに山の神は横になった。

「オオグイたちとの見回りはもういいんですか?」

「ああ。終わった」

山の神は、自身が与えた名の通り大食らいでなんでも食べる狸《たぬき》のオオグイから、東に影なる者がいるかもしれないと報告を受け、朝から様子を見に出ていた。

戻りは昼を過ぎるかもしれないと言われていたので、予想よりも早い戻りにミノルの声は無意識に弾む。

本当なら今日一日、山の神はどこへも出ずに虚でのんびりとする予定だったのだ。戻ってきたということは、ようやく落ち着いていられるということで、ミノルもともにいていいということだ。

山の神が見回りに連れていく獣たちは決まっていて、それは獣たちのまとめ役である猪のカシコイの他、熊のノンキ、ウツクシのつがいである牡鹿《おじか》のシズカ、猿のイタズラの四頭であり、ミノルは一度も連れていってもらえたことがない。

他の獣たちは各々の住処《すみか》周辺を探り、なにかあれば山の神に報告する役割を担っているのだという。

山の神が腰を落ち着けた頃、虚の外からカシコイがひょいと顔を覗かせた。

『山の神、こちらをお忘れですよ』

カシコイが首を伸ばして、咥えていたものを虚の中に置く。それは拳ほどの大きさのなにかを葉で包んだもので、蔓《つる》に括《くく》られ開かないようになっていた。

いくら知恵を与えられた獣でも、それだけでは蔓を結べないから、この梱包をやったのは大雑把な性格のわりには器用で、ものを作るのが得意なイタズラがしたということだけはわかった。

『なあに？』

『はっぱ？』

『こらこら、おまえたちのではないよ。ミノルのものだ』

「おれの？」

覚えのない葉の包みに首を傾げる。

カシコイは頷き、山の神に視線を移す。

『そうですよね、山の神よ』

「……土産《みやげ》だ」

不機嫌そうにふいと顔を逸らされるが、それが山の神の照れ隠しであるということは、出会ってから一か月しか経っていないミノルでもわかった。

本当に山の神から自分への土産であるらしいそれを手に取り、結ばれている蔓を解いて葉を開くと、中には真っ赤に艶めく林檎《りんご》が入っていた。触れてみるとしっとりと重たく、芳醇《ほうじゅん》な香りがなんとも美味《おい》しそうだ。

「本当に、おれが食べてしまっていいんですか？」

「大したものではない。腐る前には食ってしまえよ」

そうは言われても、山の神からの贈り物というだけで特別な林檎に見えてしまって、食べるなんてもったいないと思ってしまう。

嬉しくて、上に掲げてまで眺めた。

『こんなにも喜んでもらえるとは。ミノルがなにを好きか、他の者に尋ねて回った甲斐《かい》があったというものですね』

「……」

「えっ？」

カシコイの言葉に山の神を振り返るが、ミノルから見えないよう、不自然なほど顔を横に向けてしまっていた。

『本当によかったですよね、予定よりも早くに見つかったことですし』

「――っ、黙っていろ！」

これまで耐えていた山の神だがついに声を荒げてカシコイを睨む。しかし山の神の扱いに慣れた老猪は涼しい顔だ。

代わりに顔色を変えたのはミノルだった。小鳥たちがそれに気がつき、ミノルの顔を覗き込む。

『ミノル、おかお、まっかだよ？』

『まっかっかー！』

指摘され、頬に差す朱色がますます濃くなる。

つぶらな瞳から逃れるよう顔を俯かせるが、もう手遅れだ。熱くなった頬は、手の中の林檎のように赤くなっていることだろう。

「山神さま、ありがとうございます」

つい小さくなってしまった、感謝の言葉。それでも十分に山の神には届いたのだろう。

ちらりと横に目を向ければ、そっぽを向いた片耳がぴんと動いた。

『それではわたしはそろそろ戻るといたします。あまりミノルを苛《いじ》めてはいけませんよ』

「——おまえがおれに言うか」

『なんのことでしょうな』

ははは、と笑い声を上げたカシコイを、山の神は恨めしげに睨んだが、すぐにそれも止めて諦めの溜息をついた。

『ではミノル、小鳥たちよ、また』

「またな、カシコイ」

離れていったカシコイを見送って、また手の中の林檎に目を落として頬を緩める。そんなミノルの様子を隣から見ていた山の神は、わざとらしい咳払いをした。

「——それで。今度は小鳥たちになにを聞かれていたんだ」

「それは……」

ミノルが答えるよりも先に、両肩にいた小鳥たちが飛び立ち、今度は山の神の頭上に二羽で並ぶ。

『あのね、まっくろおばけのことなの』

『ミギたちまっくろおばけたおすの！』

『きめたの。こんどはミノルをたすけるの！』

『だからじゃくてん、おしえて！』

「その……まっくろおばけって、あの〝影〟ってやつのことですよね？　弱点って言われてもおれじゃわからなくて」

自分も詳しくないのだと言っても、それで話を聞き入れてくれるような小鳥たちであれば苦労はしない。そして山の神が戻ってくるまで繰り広げていた状況になってしまったというわけだった。

「おまえたちにはまだろくに話していなかったな。どうせわからないと思ったが、興味があるのなら無謀をする前に教えてやる。その小さな頭に少しは入れておけ」

山の神の言葉を深くは考えず、教えてもらえることだけは理解した小鳥たちは嬉しそうに飛び跳ねる。

「ミノル、おまえもだ」

これで小鳥たちの質問攻めから逃れられる、そうひっそり安堵していたミノルだが、不意に名を呼ばれてどきりとした。

山の者となって一月《ひとつき》ほどが経ち、山の神から智を授かった獣たちとの仲も良好だ。これまで名を呼ばれる習慣がなく、彼らの口から自分の名が出ることに初めは落ち着かなかったが、今ではすっかり慣れることができた。しかし山の神からミノル、と呼ばれると今でも胸がどきどきする。嫌というわけではない。ただ落ち着かないのだ。

「影との一件も落ち着いたし、いい機会だ。あれがなんであったのか、おまえも聞いておけ」

「は、はいっ」

油断していたこともあって返事の声が裏返るが、普段から緊張しやすいミノルは山の神に対して似たことを繰り返しているので、いつものことだと気にしないでもらえた。

「まずミノル、おまえの村の者がこの山に入って戻ってこなくなることがあるのは知っているな？」

「はい」

「それは山の獣に襲われたということもあるが、最たる理由は影だ。おまえも襲われたことがあるのだから、あれの恐ろしさはわかるだろう」

突然木の陰から伸びてきた黒い手。あのときの恐怖と苦しさ、痛みを思い出し、ミノルは表情を暗くしながら頷いた。

今でも魘《うな》される夜がある。一度心に染みついた恐れはそう簡単には拭えない。

ミノルの怯えに気づいた山の神は、尾を使ってミノルの身体を引き寄せ、強引に自分のほうに倒させた。

もふっと白く長い毛に埋もれて、どうにかそこから顔を出すと、ミノルを見ていた山の神と目が合った。

「少し長くなるからな。楽にして聞いていろ」

「……はい」

すっかり慣れた山の神の腹の上は、ミノルにとってもっとも安堵できる場所だ。温もりに表情を和らげたミノルの頰を、山の神の舌がぺろりと舐める。折角冷め始めていた身体がまた燃え上がるように熱くなるが、山の神は気にせず寝癖のつくミノルの髪を舐めて整える。

もとは群れで暮らす狼である山の神にとっては仲間に対する気遣いのようなものであるのだろうが、人間であるミノルには他人から舐められるという習慣などない。嫌ではないし、山の者に対する山の神の愛情表現だとわかっていても、どうも気恥ずかしさが勝る。

なにより、心臓が破裂しそうなほど高鳴るのだ。全身が熱くなり、山の神を直視していられなくなる。

それはきっと、影に襲われた後の処置を思い出してのことだろうとミノルは考えている。

体内に潜り込んだ影を消すために山の神に抱かれた。その準備のためとはいえ、あらぬところを舐められ、醜態も晒した。あのときの出来事を思い出すたびに顔から火が出るほどの羞恥を覚えるのだ。

山の神はそんなミノルに実は気づいているが、指摘すれば悪化するとわかっていて黙っていた。そんな気遣いなど知らぬミノルは、早く熱よ冷めよと内心で幾度も唱える。

山の神はわざとミノルの耳裏を一度だけ舐めて、ようやく顔を離した。

「話に戻るぞ。影のことだったな」

山の神はふん、と満足げに息をした後、すぐに声音を引き締めた。

「やつらは生き物ではない。どちらかといえば、おまえたちよりもおれのような者に近い存在だろう」

『やまがみさまも、まっくろおばけ？』

「近い存在、というだけで、性質は大きく異なる者だ」

小鳥たちはうーん、と唸る。そんな彼らにもわかりやすいよう、山の神は言葉を砕いて〝影〟の説明をした。

生物とは異なる者は、幽霊や、天使や精霊など、その地域ごとに様々な呼称をつけられている。山の神自身も以前いた場所では妖《あやかし》や妖怪と呼ばれていた。そういった者たちの中で、生物たちに害を成すだけの真っ黒な存在を山の神は影なる者と呼んでいるのだという。

影なる者はその名の通り影から成り、影に生きる者。暗闇を好んで光を嫌う特徴があり、暗く湿った影になっている場所に潜んでいる。

影なる者は生きている者の身体に入り込み、内部からいたぶり苦痛を与えることで恐怖や痛みを煽《あお》って増幅した生気を奪う。そのために捕らえた獲物は惨く嬲《なぶ》り殺すのだ。やつらによって命を落とした身体は腐敗が早く、たった二晩ほどで白骨化し、残った骨も簡単に折れて砕けてしまうほどに脆《もろ》くなるという。

百年ほど前、この山は影なる者で溢れかえり、強い邪気を放っていたのだという。邪気はどこにでも存在しているものだが、生物の死が多く重なったり、諍《いさか》いが起きたりすると濃くなっていく。ときが経てば薄れるものではあるが、時間に浄化されないまま あまりにもそれが濃くなると、病のもとになったり、生き物の気性が荒くなるだけでなく、緑を枯らしたり水源が穢れたりと、自然に影響が出てしまう。当時の山の邪気は凄《すさ》まじく、人も獣たちも苦しめられていたそうだ。

影なる者のせいで環境は悪くなる一方で、採れる食べ物も減っていった。村人は食材を求めて山の奥まで探しにいくが、そこには山を穢して人を食らう影なる者が潜んでいて、山に入った村人はそれに食われて一人また一人と消えていった。

影なる者はなにかの影に潜んでいて、捕食の際に黒い触手を伸ばして獲物を捕らえる。そのため普段は姿が見えず、また襲われた者は生きては帰れず、村人たちは行方不明者が出る原因がわからずにいたのだ。

帰らぬ者が増えたことで、当時の村長がこの山に不帰山と名付け、以後そこに入ることをかたく禁じたのだった。それが百年後の今にも続く習わしとして残り、ミノルたちの代でも続けられている守り事となったのだ。

「――と、影とミノルの村との因果関係はこんなものだな」

山の神が話を一旦終わらせると、すっかり怯えてしまったミギとヒダリが山の神の頭上から飛び、ミノルの胸元へと身を寄せてきた。白い毛にも埋まってしまったため、小さな尾だけが並んで見える。

話を聞きざわついていた自身の心も、それを見て少しだけ和んだ。

『うぅ……』

『カゲ、こわい』

「安心しろ、今はほとんどいないし、見つけたらすぐに消すか追い払っている。だからおまえたちが見たのも、この間の一度だけだろう」

向きを変えた二羽は、白い毛並みから顔だけを出した。

「おれが山を見て回っている理由も影の発現を警戒してのことだ。あれは生体の均衡を崩し、環境を壊す――いいか、やつらを見かけたらまず逃げろ。ミノルのときは運が良かっただけで、通常逃げられるものではない」
　山の神の忠告に何度も頷く小鳥たちを見守ってい
ると、山の神の視線は次に、ミノルへと向けられる。
「ミノル、おまえもだ。この山は邪が生まれやすい
土地柄だ。人間はただでさえ負の感情を負いがちだ
から影には襲われやすいが、そのなかでもおまえは
とくに狙《ねら》われやすい身体になってしまっているのだ
から、あまり一人で暗がりには行くな。おまえの足
では逃げきれるかもわからないからな、なにかあれ
ばすぐにおれを呼べ」
「は、はい。——あの、とくに狙われやすい身体っ
て、どうしてですか？」
「おまえはおれの力を受けすぎた。おれの力は生気
を高める。生気が強い者を影は好む。だからおまえ
は狙われやすいんだ。やつらは輝くものが憎たらし
くてたまらないようだからな」
「それで、おれが……」
「智を授けた獣たちにはおれの血を一滴与えただけ
だが、おまえにはまず初めからして多めに体液を与
えていたからな。だからおまえは、そこの小鳥ども
よりも狙われやすい」
　ふと、ウツクシからミノルだけが違う方法で力を
与えられた、と以前に聞いたことを思い出す。だが
そのときは詳しく教えてはもらえず、ときがくれば
伝えると言われていたのだった。
「やっぱりおれも山神さまの血をもらったんです
か？　そのときのこと、あんまり覚えていなくて」
「いや、それは……」
　気になったミノルが尋ねると、途端に山の神は言
葉を濁した。しかし真っ直ぐにミノルが見つめてい
ると、観念して溜息混じりに答える。
「——あのときおまえはかなり弱っていたからな。
手っ取り早く口から唾液を流し込んだ」
「え……」

「そもそもおれはもう生き物とは違うからな。助けるためでもあったし、大して味もないからそう嫌がることもないだろう」

わずかに下がった山の神の耳に、慌てて首を振る。

「ち、違います！　嫌がってなんかないです。ただ、その……山神さまにそんなことしてもらっていただなんて、驚いただけで……」

確かに、自分の意志で血を舐めた獣らと、意識がないとき山の神から口移しで体液を与えられたミノルとでは方法が違うだろう。だがまさか記憶がないとはいえ、山の神とそんな接触をしていたとは。

そういえば、影に襲われた直後にもそんなことをしたような、とあやふやな当時を思い出し、嫌がるどころか顔を赤くしたミノルの反応から、ただ恥ずかしがっているだけでその言葉に偽りはないと知った山の神は、一度ふわりと尾を振った。

「そ、そうか。それならいい――まあ、それだけならまだしも、その後おれの精も直接その身で受けただろう。だからおまえの中にあるおれの力が強いのだ」

覚えのない山の神との口づけを想像していたが、それが疑似交尾の光景にすり替わり、ミノルは情けないほど赤くなった顔を隠すため白い毛並みにそろそろと顔を埋める。

『ミノルとおはなしできるの、やまがみさまのチカラなんでしょ』

『だからみんなとも、おはなしできるんでしょ？』

「ああ、そうだ」

『やまがみさまのおかげ！』

『ミノルもうれしい？』

「ああ、おれもミギとヒダリと話せて嬉しいよ」

ミノルは顔を覗き込んできた二羽を、つぶさない程度にぎゅうっと抱きしめて、小さな身体に顔を押しつけた。

きゃー、とはしゃいだ声を上げる小鳥たちとじゃれ合っていると、山の神の毛の中にころころ転がっていたヒダリがふと思い出したように声を上げる。

身体を起こし乱れた翼を広げ一度嘴で軽く整えてから、小首を傾げた。

『やまがみさまは、なんでこのやまのやまがみさまになったの？』

『ここには、まっくろおばけ、いっぱいいたんでしょ？』

ミノルの腕の上に身体を起こしたミギが、頭の乱れを直さないままヒダリに続く。それを撫でつけてやりながら二羽の疑問が同じように気になり、ミノルも山の神へ目を向けた。

「確かに影なる者を払うのには苦労した。別に、ここである必要もなかった。だが――」

『だが？』

「――だが、この神樹を気に入ってな。寝床代わりにもなる虚があったし、都合がよかったのだ。それに近くに村があっても、そこの者たちはこの山には近寄らなくもなっていたから、だからここにした」

どこか翳《かげ》りが見える、そんな山の神の声。獣の顔ではその表情もわからず、これまでに纏っていた雰囲気が、先程の言葉が、ミノルに絡みついてきて心が沈む。

「……山神さまは、人間がお嫌いですか？」

「ああ、嫌いだな」

即座に返された言葉に抉られたかのように胸が痛み、山の神を見ていられずにミノルは俯いた。

訪れようとした重苦しい雰囲気を打ち払ったのは小鳥の声だ。

『ミノルはニンゲンだよ？』

『やまがみさま、ミノルもきらい？』

「それは……」

不安げに問う声に、山の神は言葉を詰まらせる。

ミノルもそろりと顔を上げれば山の神と目が合った。しかしあからさまに顔を逸らされてしまう。

ここにいろという言葉が嬉しくて、今まで自惚《うぬぼ》れていたが。本当は迷惑をかけていたのだろうか。あまりにミノルが哀れで、同情で傍に置いてくれていただけなのだろうか。そんな暗い考えに頭が覆い隠されて、胸がぎゅうっと痛くなる。

今、自分が山の神にできること。それを考え、まずは預けきっていた身体を起こし離れようとしたところで、背けたままの口が動いた。

「――嫌い、ではない」

『いま、なんていったの？』

『きこえなかったよ』

ぼそりと呟かれた言葉は、どうやら小鳥たちには届かなかったらしい。

ミノルのもとから離れて山の神の頭上に飛び移り、先程の言葉を追求してくるミギたちを鬱陶《うっとう》しそうに頭を振って離れさせようとする。しかし一度は振り落とされるも二羽は再びもとの場所に戻り、ねえねえと執拗に絡んでいた。

実は聞こえていたのでは、と思ってしまうが、小鳥たちにそんな意地悪な心もなければ、もとより気になることはとことん質問攻めする性質なのを知っている。

怯む様子すら見せない二羽と、うるさいと声を荒げる蒼眼の狼に、ミノルは他人事のように微笑んだ。

あれほど重たく沈んでいた心にはふわふわとした翼が生え、広がる温かなものに頰の緩みが収まらない。

嫌いではない――その一言だけで十分すぎるほどだ。

『あっ、ミノルわらってる！』

『いいことあったの？』

「えっ……いや、その」

突然小鳥たちの標的が自分に変わり、山の神との立場が逆転する。

どう答えればよいものかとミノルが困惑していると、虚の外から声がかかった。

『申し訳ない、山の神よ。ハズカシから、暴れ回っている熊がいるという報告があったのでともにいらしていただけますか』

そこにいたのは、先程別れたばかりのカシコイだった。

ハズカシとは狐《きつね》の名で、彼女からの報告ということは、山の神の次の行動は決まっている。

ミノルが身体を起こすと、山の神は立ち上がった。

「今行く」

去ろうとする山の神だが、すぐに足を止める。ミノルが白い毛を摑んだからだ。

ミノルは咄嗟に握ってしまった山の神の毛を慌てて手放した。

これから務めを果たしに行くのを引き留めてしまい、邪魔をしてしまった無意識の自分の行動に恥じ入る。

だが、少しの不安があったのだ。影なる者の話を聞いてしまったからだろうか。暴れる熊だからだろうか。どちらにせよ、山の神はいつも危険な場所へと赴いている。知っているつもりでいたが、話を聞いてようやく本当の意味で理解できた気がする。

山の神ほどの者を心配することこそ、失礼に当たるのかもしれないが、それでも。

「その……お気をつけて――」

それでも自分の想いを伝えると、振り返った山の神は、ぺろりとミノルの頰を舐めた。

「すぐに戻る」

「――はいっ」

山の神からの約束に、ミノルは小さく笑って頷いた。

怪我の痛みに苛まれ暴れていた熊を落ち着かせ、山の神は早々に神樹へ戻る道を辿った。

歩きながらも、左右にそれぞれ従えた猪のカシコイと熊のノンキから山の状況の報告を受ける。ミノルが傍らにいる状況では聞けないので、こうして出ているときに聞くようにしているのだ。

報告を受けながらも辺りを見渡す目を緩めることはない。最近では、特に神樹に近づくにつれて影の存在により注意をするようにしていた。ミノルの行動範囲だからだ。影に狙われやすい体質になってしまったが、動きの鈍い人間であるから逃げ切るのは難しい。ならばもとを断つしかない。

今のところ影は見当たらない。今朝のオオグイの報告も、結果としては影なる者が出現したわけではなかったし、影なる者が放つ陰気な匂いもせず、良好な状態を保てていることを知る。

恐らく、ここ数週間ほど山の神の機嫌が荒れる日がなかったことも影響しているのだろう。

いい意味でも悪い意味でもこの山は山の神の変化を反映してしまう。

山の神の精神が落ち着いていれば影は生まれにくくなるが、機嫌が悪ければその気に影なる者が集まってしまう。感情は獣たちにも伝染し、皆が苛立ち、小競り合いが起きやすくなる。実りもやや悪くなるなど、いいことがない。しかし反対に、機嫌がよければすべてがその逆となる。

緑はより豊かになり、実りは増えうまみも栄養も増す。獣たちの気もいくらかは穏やかに保てて不必要な争いは避けるようになり、影なる者も居心地が悪くて逃げていき、新たに生まれるということもなくなるのだ。

まるで山の神の考えを見抜いたかのように、報告を終えたカシコイが砕けた声を出した。

『近頃は随分と山の様子が落ち着いておりますな』

『ああ、そうだなあ。川で獲《と》れる魚もこの山のやつは脂がのっててうまいのなんの』

どうやら山の神を挟んで世間話でも始めるつもりらしい。話にのったノンキはその味でも思い出したのか、口元を緩めて、今にも涎《よだれ》を垂らしそうな顔をしていた。

山の様子をただ話し始めただけだ。山の神自身も先程、そのことについて考えていたためカシコイの出した話題が唐突なものではないことを理解している。しかし、どうにも返せず黙りこくる。

嫌な予感がする。そう思ってのことだったが、聡《さと》い彼のこと。山の神の心中を悟ってか、それとも端からそう声をかけるつもりだったのか。穏やかな笑みを見せて、そう言えば、と山の神に語りかける。

『山の神も、そろそろつがいを見つけてもいい頃合いではないでしょうか』

「……」

思わず足が止まった。しかし二頭はそれを見越していたのか、同じように歩みを止めてそれぞれ山の神へ顔を向ける。

『おお、そうだなあ。わしもそれがいいと思います。つがいがおりゃあ今のように山は平穏に保たれるでしょうぞ』

『こんなにも影が少ない日が続いたのは、わたしが知る上では初めてのことかと思います』

『わしもじゃわしもじゃ』

沈黙したまま再び歩み出した山の神の後に、二頭も続く。

『それにつがいはええもんですぞ。うちのは小うるさくやかましく思うときもありますが、なんだかんだでわしのことは心配してくれとりますし、憎めんやつですわ。子もかわええもんで、ねぐらへ帰ったときなんぞ、家族っちゅうもんのありがたみがようわかります』

次にゃもう一頭こしらえるつもりだと、今から浮足立つノンキにカシコイはにこやかに言葉を返した。

『そのときにも山が今のように穏やかであれば、子もよりたくましく育つでしょうな。つがいどのがいらっしゃれば山の神のお力も高まりますし、心の拠《よ》り所《どころ》にもなってくださるのですから、いて損はないどころか早く見つけていただきたいものです』

『うむ。お力が高まれば届く範囲も広がり、この山だけでなく村のほうにも山の神の影響がもたらされましょうぞ。ならば、あの子の不安も取り除けることでしょうなあ』

二頭が言うことは、もっともであるとは理解している。しかし山の神は渋る顔を変えることはなかった。

つがいがいれば神としての力は増幅するので、この地の主としてそれをうまく振るうことができるだろう。今はこの山だけしか抑えることのできない影の出現も、近隣の山にまで範囲が広がり、より安全な土地にできるかもしれない。

相手はなにも同じ神でなくともよい。山の神が自身の半身であると認めた者であれば、たとえ獣でも魚でも同性であろうとも、果てには植物でさえつがいとなれる。

特殊な条件はない。神の心の拠り所となれる者だけが無二の存在になれるのだ。だが彼らが言いたいのは単につがいを作れ、というものではないだろう。名が出されずとも、そうだとはっきり口には上らせずとも、彼らは言葉の裏にとある存在をひしひしと感じさせている。

何故ならその存在が心に居座ったあのときから山に確かな変化が起きたのを、山の神自身が理解しているからだ。

山の神の周囲で変わったことと言えば、彼が傍らにいるようになったということくらいだ。ならば今の穏やかな山の様子に繋がると考えるのは道理であろう。

彼らがなにを言いたいのか、なにを考えているのか。十分に理解している山の神は、だからこそむすりと口を閉ざしたままだった。

『案外気づかんもんで、よいお方はすぐ傍におるかもしれませんぞ』

『そうそう。それに山の神は素直でないのですから、つがいとなるべき相手は素直なほうがよろしいかと。少し抜けている方がいいかもしれませんな。なんだかんだで面倒をみるのもお好きでしょう？』

黙りこくっていれば次第に、露骨に自分たちの望んでいる未来を乞おうとしてくる。

このままいけば、ああそういえばちょうどいい相手がいるでしょう、とわざとらしくその名を口にすることだろう。そうなる前になんとか話題を逸らさなければと知恵を働かそうとしたところで、不意に右耳がぴんと動いた。無意識のそれに、すぐにその理由を察知する。

「神樹に――神域に人間が近づいているな。ミノルではない」

先程までのほがらかな雰囲気を捨て去った山の神は、待機した二頭に告げるやいなや、彼らを置いて風のように駆け出した。

山の神の帰りを待っている間、小鳥たちがたくさん話をしたら喉が渇いたというので、水を飲みにいくことにした。

『ミノル、はやく』

「うん、ちょっと待って……あった」

水を汲《く》むのにいつも使用している、猿のイタズラが作ってくれた木の器を神樹の根元で見つける。それを手にとり、ミノルは神樹の枝で待っていた小鳥たちに声をかけようとした。

だが、それよりも先に右の方角から声がかけられた。

「――ミノル？」

戸惑うようなそれは、山の神ではない。よく声をかけてくれる山の獣たちのものでもない。だが聞き覚えのあるものだ。

（――まさか）

振り返れずにいると、声の主は再びミノルの名を口にする。

「ミノル……やっぱり、ミノルだよな⁉」

まだ遠くで聞こえた声の主は、確信を持ったように近づいてくる。

恐る恐るミノルが振り返ると、そこには一か月ぶりに見る男の顔があった。

一歩後ずさる。だがそれ以上は動けないまま、目の前まで来た男に肩を力強く摑まれた。

「ジャルバ――」

ようやく彼の名を口にすれば、まるで泣きたそうに、くしゃりと顔を歪めるようにしてジャルバは笑った。

「生きていたんだな……」

言葉の紡ぎ方すら忘れて硬直していると、身体を引き寄せられて力強く抱きしめられた。

「ああ、本当に生きている」

「――っ、ジャルバ、痛いっ」

力加減を忘れたのか、拘束された身体が軋《きし》み悲鳴を上げる。胸を退けようと腕に力を入れると、慌てたように解放された。

「すまない、つい」

「……い、いや、大丈夫」

目も合わせられないまま応えると、もう一度小さな声で謝られる。

ジャルバがここにいるのも驚きだったが、名前を呼ばれたことにも、そして抱きしめられたことにもミノルはひどく混乱していた。

最後に神樹までミノルを見送ったうちの一人。村長の孫にあたるのが彼、ジャルバだ。

ミノルと一歳しか違わないのに、次期村長として皆から一目置かれているような相手であり、村の中でもっとも関わりがなかった相手だとも言える。

ミノルは村の家々をたらい回しに育てられたが、長の家だけには預けられることがなかった。そのためジャルバと一緒になる機会はまったくなく、ろくに話したことさえもない。唯一会話らしいものをした記憶があるとすれば、畑にいたミノルを村長の遣いとして呼びにきたことくらいだろう。それとて山の神の花婿となる話をされるときのことで、つい最近だった。

大して親しくしてこなかったジャルバに名を呼ばれ、そして抱きしめられるなど予想もしていなかった。だが今一番の問題はそこではない。

ミノルは任された役割を果たせぬままにここに留まっている。本来ならもうこの世にいるはずのない存在であり、村の者の中ではとうに山の神に食われたと思っていただろう。

だがミノルは生かされた。

村のためにと神に捧げられたはずの人間がのうのうと生きている。直接この場まで送り届けてくれた彼はそれをなんと思うだろう。

覚悟はしていたつもりだった。村のためにできることをしたが、皆が望む結果とは異なるし、なによりミノルは村を捨て、この山で生きることを選んだ。そんな自分に友好的でいてもらえるとは思えない。どう思われるかもわからず、ここから立ち去ってしまいたいと願う。

どうすればいいかわからないまま押し黙り拳を握っていると、同じく俯くように目を逸らしていたジャルバが顔を上げた。

「よかった」

「――え？」

「ずっと後悔していたんだ。何故おれはじいさまを止められなかったのかと」

ジャルバは気持ちを落ち着かせるように深呼吸をし、再びミノルの右肩に手を置いた。

そろりと顔を上げてみれば、困ったように眉を垂らし笑うジャルバがそこにいた。

「生きているとは思わなかった。おまえを送り出してから大分経っていたし、なにせこの山だったから。でももしかしたらと思ってここに来てみたら、そしたらおまえがいた」

右肩の重みを感じるとともに、じんわりと掌の熱が服越しに伝わってくる。すぐに手は離れていき、ミノルは消えたジャルバの温もりに安堵した。無意識に強張っていた身体からも力が抜ける。

温かいということは落ち着くことなのだと思っていた。山の神に触れるときは安心するのに、しかしジャルバの温かな手にはぞわりと鳥肌が立ち、払いのけたい衝動にさえ駆られた。

そんなミノルの怯えに気づかぬジャルバは、ミノルの腕を掴んだ。

「話は後にしよう。山神なんていないんだ。だからもう村に戻ってきたって――」

「い、いるっ」

掴まれた腕を振り解き、ミノルは声を荒げた。

驚いた様子のジャルバと目が合う。しかし、ミノルも自身の反応に驚いていた。長の孫の言葉を遮るなど、今までであれば決してしなかっただろう行為だからだ。

お互い呆けたように見つめ合う。

先に我を取り戻たミノルが、震えそうになる声を抑えて告げた。

「山神さまは、いらっしゃる」

「そんなわけ……」

ミノルは花婿と称されながらも、実際は神への供物である。

ミノル自身も生贄である覚悟を持っていたし、送り届けたジャルバも長もそのつもりだっただろう。そんなミノルが生きているとなれば、奉る存在自体がいなかったと考えるのは道理だ。

しかし、そうではない。

「山神さまはおれを食べなかった。代わりに、傍に置いてもらえることになったんだ」

「――本当に山の神がいるのか？」

明らかに疑うジャルバに、ミノルは彼と別れた後のことを説明した。

初めから受け入れられたわけはなく、強く拒絶をされたこと。けれども何度も助けられ、そして最後には受け入れてもらえたこと。

山の神は影なる者という悪い者を祓う神であり、雨を降らす力はない。故に差し出されたミノルという生贄は食わないが、しかし村を守ってくれる誓いを立てたこと。

そして行き場のないミノルに、居場所を与えてくれたこと。

要領を得ないながらも懸命に話すミノルの声に耳を傾けていたジャルバは、すべてを聞き終えると、しばらく沈黙した後に口を開いた。

「ミノル、村に帰ろう」

「でも、おれは……」

ジャルバなら、何故ミノルがここに留まることになったか、何故村に帰らなかったか――帰れなかったか。わかるはずだろう。

確かに、ミノル自身の意思で皆といたいからと山を選んだが、実際のところ村に帰れるわけもなかった。初めからあそこにミノルの場所はなかったのだから。

意思表示のために小さく首を振るも、ジャルバはそれを認めない。

「おまえはおまえのできることをしたんだろう、ならそれでいいじゃないか」

「でも」

「山神は好きにしていいと言ったんだろう。だったら帰ってこいよ。みんなにはおれから事情を説明する。誰にもおまえを否定させない」

力強い声音に思わず彼の目を見返した。茶色の瞳は同じように強い光をそこに湛《たた》えていて、ジャルバが冗談でも慰めでもなく、本気でミノルを連れ戻そうとしていることがわかる。

「もとの家が居心地悪いのなら、おれのところへ来てもいいから」

「そ、そんなの長が許さない」

「……構うものか。それに今は一人で暮らしているから誰にも関係はない」

自分のところへ来てもいい、という言葉に動揺したが、今ジャルバが一人で暮らしているということにも驚かされた。

村でもっとも大きな長の家は、いずれジャルバが継ぐものとされていた。そのため彼は生まれたときからそこに住んでいたし、これからもそれは変わらないはずだった。

今はそこを出たということなのだろうか。口ぶりからして長は存命のはずだから、不幸があって一人になってしまったというわけではなさそうだ。

「ミノル、村へ帰ろう。おまえは立派に役目を務めた。もう十分だ」

「――村へは行かない。おれのいる場所はこの山なんだから」

差し出された手に応えぬまま首を振る。しかしジャルバは手を引くことをせず、ただ眼差しを鋭くさせた。

「今度は山神に恩を感じているのか?」

「確かに、恩は感じているよ。命を救ってもらったし、居場所ももらった。でもそれだけじゃない。ここがいいんだ。おれ自身が、村じゃなくてこの山を選んだんだよ」

はっきりと伝えれば、差し出されていた手は拳に変わる。

「おまえ、わかっているのか。この山のこと。何故入ってはならない山とされていたか。人間にとってどれほど危険か——」

「知っている。この山に入って戻れなかった人たちは、獣に襲われただけでなく、さっき言った影なる者の仕業もあるって山神さまはおっしゃった。百年くらい前に山神さまがこの山に来て影を祓ってくださっているから、随分安全になったんだ。それになにかあっても山神さまが守ってくれるから怖くない」

影なる者については話していたが、それが齎《もたら》す不幸のことについては省いていたため、改めてその説明をすれば、何故かジャルバは苛立ったような表情になる。

「そいつは嘘をついている」

低く唸る声がその不機嫌さを確かなものとさせた。

山の神をそいつ呼ばわりしながら、ジャルバは握った拳を払うように振ってミノルに詰め寄る。

「山神がこの山を根城としたのは百年ほど前の話だって言ったな。だが、十数年以内にも山に入って帰ってこなかった者たちがいる。だから村のみんなは、そんな昔から続く風習を捨てず守り続けているんだよ。騙されるな! 神だなんてものは化け物でしか——」

「ジャルバ! それ以上言ったら、おれは怒る。いくら村長の孫とはいえ許せない」

山の神を侮辱する言葉を吐きかけたジャルバの言葉を遮り、彼の茶色の瞳に宿る光に負けないくらいに睨みつける。するとジャルバは驚いたように口を噤んだ。

それもそうだろう。今までミノルが村の人たちに対し口答えをしたことも、ましてや睨みつけることもなかった。そうしないようにしてきたし、そうしたくもなかったからだ。だが今は、これまで気をつけていたことも忘れて声を張り上げていた。

山の神をひどく言われて黙っていられるわけがない。たとえジャルバが相手だとしても、食ってかかってやろう——そう強く覚悟した心とは裏腹に、声は情けないほど震えていた。それでもジャルバを睨み続ければ、向こうが先に目を伏せる。

「——村長の孫じゃない。おれはジャルバだ」

吐き捨てられたように掠れた声で呟かれたのは、そんな言葉で。思わず身体の力を抜いて彼を見る。

ふらりと上がった顔にはもう先程の剣呑な雰囲気はどこにもなかった。ただ疲れたように、別人のように小さく息を吐く。

「すぐにとは言わない。けれどよく考えてみろ。この山に人間はいない。そんな場所で、一人で暮らしていけると思うか」

「ジャルバ……ありがとう。でも、ここから離れるつもりはないよ。それにおれは一人じゃないから大丈夫だ」

人間という括りなら、それはミノルしかいないだろう。だがここにはカシコイや小鳥たち、山の者たちがいる。山の神がいる。村にいたあの頃、周りにたくさんの人がいても孤独を感じていたあの日々よりも余程、誰かが傍にいる。だからもう一人ぼっちなんかじゃない。

「人は人の中で暮らしていくべきだ」

「そうだとしても、おれの居場所はもうここだよ」

「そんなにも村が憎いか」

頑ななミノルに、ジャルバは言った。

「おまえを受け入れなかった村など嫌か」

「違う。憎くなんてない。育ててもらって感謝している。でも、それでもおれは山神さまのお傍にいたいんだ」

「それがおまえになにをしてくれるっていうんだ。助けてもらったとは言うが、そんなものはただの気まぐれだろう。山の神に見離されれば結局はここで生きてはいけないだろうが。弱者であるおまえを囲って、優越感に浸っているだけなんじゃないのか」

「……っ！」

あまりの言葉に、ミノルは怒りで震え上がった。

山の神を知らぬジャルバがなにを語れるというのだろう。山の神のぶっきらぼうな優しさのなにを知っているると言うのだ。

だが確かに、山の神に見離されたらここでミノルが一人で生きていくことはできないだろう。それは事実であり、そんな自分の弱さ故になにも言い返せない。

それが悔しくて、自身が情けなくて、なににもぶつけられない怒りに拳を握り込む。

ミノルの姿に言いすぎたことを自覚したジャルバは、乱雑に頭を掻いた。

「――この山に入ろう、という話が出ている」

はっと顔を上げれば、冷静さを取り戻したジャルバと目が合う。

「そんなっ」

「このままじゃ冬に食べるものがない。だが周りの山は枯れているし、同じく飢えた動物たちに荒らしつくされてろくなものも採れやしない。だから危険を冒してでもこの山に入ろうと、村では考えている」

昔から入ってはならないとされていた山に足を踏

み入れる覚悟をするほど、村人たちは困窮しているのだ。

　村の中でも一目置かれるジャルバは雄々しさのある逞しい身体をしていたが、今はろくに食べられないのか、最後に見たときよりも痩せていた。長の家の者でさえそうなのだから、他の家庭はより厳しい現状に直面していることが窺える。

　ミノルが不帰山に入ってからも雨は降っていない。それでは作物は十分育たないし、他の山の幸とて期待はできない。

　この地域一帯は冬になれば厳しい冷え込みとなる。雪は降らないが、寒さで作物は育たなくなる。獣を狩るにしても必ずしも獲れるわけではなく、近くにある川も細いので魚も量を望めない。そのため冬までに一季を越せるほどの食糧を蓄えておかなければならなかった。

「そもそもおれがこの山に入り込んだのは様子を見ることが第一だった。あまり深くまで入るなと言われていたが、おまえのことが気がかりで神樹まで来てしまった。けど——ここはまだ果実も採れるし、獣どもも他の山に比べ随分肉づきがいい。こんな場所が傍にあって見逃せるわけもない」

「だ、だめだっ！　ここは山神さまのいる山で、おれたちが勝手をしていいところじゃないだろ」

　咄嗟に首を振れば、強い眼差しが返された。

「なにも荒らすわけじゃない。食料を採るため、他の山と同じようにここに来るだけだ。——それともなにか。おまえはおれたちに餓死しろとでもいうのか」

「……っ、そういう、わけじゃ」

　そういうわけではない。だが、結果としてはそうなるのだろう。

　この山で暮らしているうちに、いかにこの山だけが落ち着いているかを知った。

それほど豊かというわけではないが、周囲の山が枯れつつあるなかこの場所だけが艶めく緑が多いというのは、山の神の力があってこそだ。

ここは山の神が長年守ってきた場所。以前はただ恐れていただけの山であったが、今はここで生きている者たちを知ってしまった。彼らのことを好いてしまった。

だからこそ、たとえ村のためといえども勝手に入ってほしくないと思ってしまった。人間を疎む山の神はきっと嫌な思いをする。そんな気持ちになってほしくはなかった。だがそれと同じくらい、村の者に苦しい思いをさせたいわけもない。

どちらの立場にも寄りきれないミノルは、拳を強く握る。

大勢の村人が山に入り込めば山の神とて怒るかもしれない。だがもし事情を説明できたら。山を荒らすわけではないと理解してもらえたなら、もしかしたら。

深く悩んだ末、ミノルは提案する。

「山に入ることは、まずおれから山神さまにお話ししてみる。だから村のみんなにはまだ待ってくれるよう、言ってくれないか」

「できるのか？」

「わからない……でも、やってみる。おれだって、村のためにできることがあるなら、したいと思うから」

ミノルの本心を探るような不躾《ぶしつけ》な眼差しに耐える。やがてジャルバは肩から力を抜いたように息を吐いた。

「――わかった。おれが様子を見るよう報告をすれば、みんな待つだろう。だが明日までだ。またここに来るから、それまでに説得しろ」

山の神を頷かせること以外は認めないと言外に伝えるジャルバに、ミノルは力なく頷く。

話は終わったとばかりにさっと向けられた背に、ミノルは声をかけた。

「ジャルバ！　あの、みんなにおれのことは……」

「わかっている。おまえのことは言わない」

振り返ることなく答えたジャルバは、そのまま歩き出す。

もう声が届かない距離まで遠ざかった背に、ミノルは呟く。

「ありがとう……」

完全に姿が見えなくなり、ジャルバの気配が消えたところで、神樹の枝にいた小鳥たちがミノルの両肩へと降り立った。

『ミノル、だいじょうぶ？』

『からだ、いたくない？』

ジャルバに抱きしめられたとき、ミノルが痛がった声を上げたのを聞いていた小鳥たちは気遣わしげに声をかける。

ミノルは小さく笑んで、努めて明るい声を出した。

「ああ、大丈夫。それよりごめんな、びっくりさせちゃって」

なんでもない振りをするへたくそなミノルの演技にも騙される素直な小鳥たちは、ようやく安堵したようにミノルに身体を預けきった。

『こわかった』

『あのニンゲン、ミノルのともだち？』

ヒダリに首を傾げながら問われて言葉が詰まる。

ジャルバと親しかったわけではないが、仲が悪かったということもない。

会話さえもろくにしたことがない相手。触れられたのも今日が初めてで。それなのにどうして、ジャルバはあれほどまでにミノルを気にかけたというのだろうか。ましてや自分の家に来てもいい、などと。

『ミノル？』

「――あ、ごめん。うん、ジャルバは……そんなものかな」

自分でもよくわからないのに、小鳥たちに彼との関係をうまく説明できるわけもない。

曖昧に笑ってはぐらかせば、それだけでも十分納得してくれたらしい。こわいともだちだね、とジャルバのことを呼んだ。

こんなとき彼らの単純さに救われるが、山神さまに言わなくちゃね、っと言ったミギに、無意識に首を振っていた。

「や、山神さまにはまだ言わないでおいてくれないか？」

『どうして？』

『ミノルになにかあったら、なんでもいえって、やまがみさまいってたよ』

「ミギ、ヒダリ、お願いだ。山神さまにはおれからお話ししたいんだ。とても大事なことだから」

小鳥たちは一度嘴を閉ざすと、それからしばらくして互いに顔を見合わる。

困ったように首を傾げ合いながらも、わかった、と言ってくれた。

虚の中で山の神を待ち、どれぐらいが経っただろうか。

すぐに戻ると言った山の神は、日が暮れてもなかなか戻ってこなかった。暗くなると目が見えなくなるという小鳥たちはすでに帰したので、ミノル一人で山の神の帰りを待ち続ける。

いつも小鳥たちか、獣たちが虚に訪れているので、一人っきりという時間は随分と久しぶりのように思う。夜になると皆、各々の住処へ帰っていくが、その頃には必ず山の神が傍にいてくれたからだ。

陽光がなくなると森は一気に冷え込む。今日はとくに寒いと思ってから、いつもは山の神に守られていたからだと気がついた。ミノルが寒そうにしていれば、山の神は黙って自分の身体のほうへと倒れさせて、長い尾を毛布代わりにかけてくれていたのだ。

だがそんな山の神に伝えなければならないことを思うと、気分は重たく沈む。

はたして山の神は人間が入山することを許すだろうか。

人間が嫌いだとはっきり言った。そしてこの山を選んだ理由のひとつに人間が近づこうとしないことを挙げるほどなのだから、提案は受け入れてもらえない可能性が高い。

不安ばかりで胸が落ち着かない。だが、もしかしたら山の神は、仕方ないと言ってくれるのではないかという淡い期待もあった。

山の者になる前から、結局のところミノルを見捨てられなかった優しさ。それを村にも向けてくれるのではないかと、そんな奇跡を望んでしまう。

そのためにもミノルも言葉を尽くさなければならない。どう伝えようかと考えあぐねていると、不意に気配を感じて顔を上げた。

虚の口から覗く景色の先に、白い姿がぼうっと浮かび上がる。それは確かな足取りで距離を詰めていくと、美しい狼の姿をはっきりとさせていった。

帰ってきた山の神に、ミノルは慌てて隅に寄り、身体を縮こまらせて俯きながら出迎えた。

「おかえりなさい。山神さま」

「ああ」

山の神はするりと虚に入ると、ミノルに向かい合うよう床に横たわる。

「……あの、山神、さま」

「なんだ」

俯いたまま口を開けば、今にも消えてしまいそうなほど弱い声しか出てこなかった。

「あの……おれ……」

予想以上にかたくなった声に焦り、緊張が増して余計に喉に言葉がつかえる。

「――話があるのだろう。聞くだけなら聞いてやる。さっさと話せ」

「は、はいっ」

山の神に促され、ようやく声が出た。

山の神の不在時にジャルバが訪れて、村の者がこの山に入ろうとしていると告げられたことを伝えた。そしてそのことで山の神から許可をもらうためにミノルから話をすると約束をし、そのときは帰ってもらったとも。

話の途中、山の神の反応を見るのが恐ろしくて俯いてしまっていた顔をそろりと上げる。

蒼い目はミノルではなく虚の外の、さらに遠くをぼうっとした様子で眺めていた。

「あの男のこと、案外素直に話したな」

「……ジャルバのこと、知っていたんですか？」

「おれの山だ。知らぬことなどない」

つまり初めから、ミノルがなにを言おうとしていたかわかっていたのだろう。

それでもミノルの口から説明させてくれたことに感謝をした。

葉の敷き詰められた虚の床に手をつき、深く頭を下げ、山の神に願いを口にした。

「お願いです、山神さま。村のみんなが冬を越すため、この山に入ることをどうかお許しください」

「――」

「決して荒らすわけではないことを誓います。必要最低限の食料を調達させるだけにします。ですから、どうかお願いします」

返事はなかった。だめだとも、いいとも。

どちらであっても答えをもらうまでは引き下がれない。これ以上は口を噤むが、ミノルは頭は下げ続けた。

「それで。もしおれが許可を出し、村の者どもが冬を越せるようになったら。そうすればおまえはあそこに帰るか」

「え？」

思いもよらなかった言葉に思わず顔を上げる。山の神はまだ外を向いたまま、ミノルのことなど見てはいなかった。

「か、帰りません」

「だがあの男はおまえを受け入れているのだろう。後は村の者どもの意見さえねじ伏せることができれば晴れておまえは村へと、今度こそ居場所を得て帰ることができる」

静かで、落ち着いた声。けれども冷たい声。

山の神はミノルに語りかけてなどいない。一方的で、拒絶的で、ミノルは置き去りにされた子供のように、ひどく心もとない気持ちになった。

「食料を確保できることになれば、人間にとって必要かもわからぬおれの加護より余程確かな恩返しと思えるだろうよ。一冬のためだけとはいえ、これで帰りやすくなるではないか。村人たちこそおまえを恩人として受け入れねばなるまいな」

山の神がなにを言っているのかよく理解できなかった。

（もしかして、おれが村に帰りたいと思っている……？）

だとしたら何故そんな勘違いに繋がったのか。自分の発言のせいなのか。記憶を辿ったミノルは、はたと気がつく。

もしかしたら山の神は、ジャルバとの会話を聞いていたのではないだろうか。そうであるならば辻褄《つじつま》が合う。

だがもし仮に話を聞いていたとするならば、ミノルがジャルバの誘いを断ったことも知っているはずではないのか。

「ち、違います。そんなつもりじゃなくて、ただおれは村を……今年の冬だけでいいんです。そうしたらもう山に関わらないよう言っておきますし、ジャルバにも――」

「ならぬ」

音もなく立ち上がった山の神の鋭い声に、言葉が遮られる。

「人間など信用できるか。貴様らは自らが立てた誓いなどすぐに忘れ、きっとこの山を荒らす。すべてを奪いつくすまでな」

ようやくミノルに向けられた蒼い目は、ぞっとするほど冷たかった。睨まれたわけでもないのに身体が凍りついたように動かない。

それでも、このままではいけないと震える唇を動かす。

「そ、そんなこと、させません。おれが、言いきかせますから……っ」

「おまえの力がなんになる――信用できるか」

返ってきたのは頑なな拒絶だった。まるで、初めの頃に戻ってしまったようだ。

「次にあの男が来たらば言っておけ、もう二度とこの山に入るなと。村の何人たりとも足を踏み入れることは許さん。見つければおれが食い殺してくれる」

「ひっ……！」

その言葉は嘘ではないとでも言うかのように、鼻に皺を寄せ見せつけられる鋭い獣の牙。その恐ろしさに堪えきれなかった悲鳴が喉の奥から零れた。

すぐに牙は仕舞われる。山の神は虚の外へ飛び降り、そのままどこかへ行ってしまった。

山神さま、と呼び止める声すらかけられない。

遠ざかる気配を見送ることもできず、ミノルはただただ凍りついた身体で一人呆然と虚の中で震えるしかできなかった。

一晩経っても山の神が帰ってくることはなかった。

朝食を食べにいこうと迎えにきてくれた小鳥たちの誘いを初めて断ってまで待ち続け、そしてようやく現れたのは、昨日約束をしていたジャルバだった。

虚の中から重たい身体を引きずるように出ていけば、顔を上げた先の彼は苦しげな表情をしている。

「ひどい顔だ」

一睡もすることなく、不安の中で山の神を待ったせいだ。目の下に薄らできた隈《くま》が、逃げ出さなかったミノルの悲壮感を濃くさせていた。

「だめだったんだな」

交渉が失敗した落胆はなく、それよりもミノルへの同情が含まれる眼差しにただ小さくなるしかできない。

「なあ、あいつはどういう風に拒否したんだ」

「山神、さまは――」

言うべきか迷い、けれども疲れ切っていたミノルは、山の神が見せた人間のすべてを信用しない、頑なな拒絶を口にしてしまった。

ジャルバは嫌悪したようにいびつに顔を歪めていく。

「はっ、これであいつの本性がわかったじゃないか。どうせおまえもいつか殺される。気まぐれにな」

「山神さまはそんなことしない。ジャルバたちにだってしないよ」

山の神がミノルに牙を見せて言った脅しだって、この山に入らせないためのものであって、実際に手を下すなんてことはない。それだけは確信を持っていた。

山の神は無暗に命を奪うことなどしない。そんなことをするような神であれば、さぞ煩わしかったであろうミノルはとうにこの世にいないはずだ。ただあのときは、選ばれた言葉が悪かっただけなのだ。

ジャルバは舌打ちをし、まるで睨むような強い眼差しをミノルに向ける。

「ミノル、これでもう最後だ。おれと一緒に村に帰ろう。ここにいるべきじゃ、あんなやつの傍にいるべきじゃない」

静かに差し出される手。しかしミノルは迷うことなく首を振る。

「——行かない。山神さまの傍にいる」

「っ、ひどい目にも遭わされたんだろう！　おれたちを平気で見捨てるようなやつがいい神なわけがない、いい加減目を覚ませ！」

苛立ったジャルバは、差し出した右手でミノルの腕をとった。

加減なく捻《ひね》りあげられるように摑まれた腕が軋む。咄嗟に自由な右手で引き剝がそうとするが、腕力ではジャルバに敵わない。

力づくで引きずられそうになり、抵抗するために全身に力を入れる。踏ん張りながらミノルは必死に訴えた。

「本当に、本当に優しい方なんだ。今回の拒絶だってきっと理由がある。山神さまがあそこまで人間を嫌うのには、きっとなにかわけがあるはずなんだ！」

徐々に身体はジャルバのほうへ引きずられていく。同じ男であっても体軀《たいく》の違いから、ミノルよりも大きいジャルバに分がある。それでも諦める気にはなれなかった。

今ここで諦めたらこの山ごと、山の神ごとすべてを失うことになるからだ。

「山神さまはおれを脅した、牙を見せてきた——でもっ！　でもおれに出てけとは言わなかった。だからおれは、許される限りここにいる！」

「なにかあってからじゃ遅いんだよ！　殺されたいのか！」

何故わかろうとしない。何故そんなにも山の神を嫌い恐れるというのか。

どう言葉を重ねようとも理解してくれないジャルバに、悔しさと、そして怒りが溢れる。それを糧に抵抗をすると、運よく手が振り解けた。しかし予期していなかった解放の反動に身体の均衡は崩れ、そのまま後ろへ倒れて尻餅をついてしまった。

痛みに顔を顰《しか》めているうちに影が差す。顔を上げれば、どこか焦れたようにミノルを見下ろすジャルバと目が合った。

「いいから大人しくついてこいっ」

振り上げられた拳。咄嗟に頭を抱え丸くなる。

衝撃に耐えるべく全身に力を入れると、自分の呻き声よりも先にジャルバの驚いた声が聞こえてきた。

「おまえは……っ」

激しく動揺する声に、頭に回していた手を緩めて恐る恐る目を開ける。

視線の先に、これまでなかったはずの真っ白な色を見つけた。

「――ぁ」

思わず漏らした声は掠れる。

殴られる、と思った恐怖をようやく理解した身体が震え出すが、心は安堵に満ちていく。

突然の第三者の登場に驚き、ミノルと同じく後ろに倒れていたジャルバは、状況を理解するとその瞳を憎悪に染めあげた。

「山神……！」

ジャルバは呪詛《じゅそ》を吐くように、美しい毛並みを持つ白狼、山の神を呼んだ。

怯む様子もなく、悠然と山の神は口を開く。

「去《い》ね」

無感情な声音だった。

冷静に告げる山の神にジャルバが噛みつこうとすれば、先に制した声が世界を静かに支配する。

「ここから去ね、人間。今ならばまだ見逃してやる」

ジャルバの視線に鋭さが増す。今にも飛び掛かってきそうなほど恐ろしい表情をしているのに、山の神は毅然《きぜん》とした態度でさらに続けた。

「ミノルは確かにおれの言葉を伝えたはずだぞ。それが答えだ。村人どもに教えてやるといい」

「……っ神ならば困っている者を救ってみせろ！　ミノルを誑《たぶら》かすだけか！」

「お、おれは誑かされてなんて――っ」

言い返そうと、ミノルが身体を起こしかけると、向けられた山の神の視線に制止を命じられて言葉をのみ込んだ。

「むしのいい話をするな。自分たちが困窮したときにだけ神に頼るとはおこがましいにもほどがある。これまで気づきもしなかったおれの存在に縋るよりも、自らで未来を得ろ。それにこれまでこいつを孤独に追いやっていたのは他ならぬ村の人間だろう。その結果こいつはこの場所を選んだ。それまでのこと。もう育てられた恩も返したはずだ。構うな」

「――っ」

「おまえにミノルを取り戻そうとする権利などない。こいつの居場所はこいつが自分で決める。それはおれにもできぬこと。他の誰でもない、ミノル自身の選択だ」

歯噛みし山の神を睨みつけるジャルバの眼差しにまるで気づかぬよう、蒼い目はミノルを振り返る。

「ミノル。今一度選ばせてやろう。よく考え、そしてどちらかの手をとれ。そこにいる男か、このおれか。村か、山か、自分の意志で選べ」

ジャルバは不本意な顔をしながらも立ち上がり、山の神はその場に腰を下ろした。

「ミノル、村に帰るぞ。それがおまえにとっても最善の道だ」

三度手を差し伸べたジャルバとは対照に、山の神はなにも言わなかった。ただ静かに深い蒼の瞳をミノルに向けるばかりで、なにも。

だがその眼差しだけで十分だ。

身体を起こして腕をいっぱいに広げ、柔らかな山の神の胸に埋まるように迷わず抱きついた。

振りかざされた暴力への恐怖がいまだ拭いきれず身体を震わせていた。だがそれも腕の中の温もりを感じていれば次第に落ち着いていく。

「ミノル」

完全に震えが止まった頃に名を呼ばれ、腕を解いてそろりと顔を上げる。

いつの間にかジャルバは去ったらしく、辺りを見回してもその姿はどこにもなかった。

納得してくれたのだろうか。そう不安に顔を俯かせると、湿る鼻先に頬を小突かれる。

「おまえは本当に愚かだな。黙って殴られようとするのではなく、むしろあいつを蹴とばしてでも抵抗すればよかっただろう」

「そんな根性、おれにはありません……それに、ジャルバに敵うわけもないし。彼は村で一番強いんですよ」

よく村の男どもが戯れに己の肉体のみで身体をぶつけ競い合っていたが、ジャルバが倒されたことなんて数えるほどしかなかったと聞く。実際に見たわけではないが、少なくともミノルの身体と彼の身体を比べれば、ぶつかり合わなくてもどちらが勝つか答えは明らかだろう。

「一矢報いてやるという気合いでも持ってみろ。――まあ、そうしないのがおまえらしいがな」

山の神は穏やかな声で笑いながら立ち上がった。

鼻先で肩を押され、ミノルは背中を地面につける。その上に山の神が覆い被さった。

山の神の長い毛が、肌が見える部分をくすぐる。むず痒《がゆ》くて身を捩ろうとしたが、蒼い瞳がじっと顔を覗き込んでいることに気がついて動きを止めた。

「――山神さま？」

だからミノルもただ白狼の顔を見つめ返した。

いくら眺めていたって見飽きない、豊かで穢れない真っ白な毛並みと蒼い瞳に、凛々《りり》しい顔つき。こんな力強くも美しい生き物を他には知らない。ウックシという名の見目麗しい鹿はいるが、山の神はもはや別格だ。比べる相手など初めから存在しないように、まさに神々しいほどに輝いていて。

自然に溶けることのないその色を、臆することなく見せつけながら緑の中を歩く姿を眺めるのがミノルは好きだった。だが、いつもはぴんと立たせている三角の耳がぺたんと伏せてしまっている。尾も力なく下がってしまっているようで、足に乗るそれの重みを感じた。

今目の前にいる山の神は、山の守護者たる姿も、先程ジャルバと対峙《たいじ》した貫録《かんろく》のある雰囲気すらも見当たらない。どこか不安げで、心細そうで。

ミノルは山の神の頬に両手を添えた。

「どうしたんですか、山神さま」

「――……」

山の神はミノルの掌に顔を押しつけ目を閉じた。

「――本当に、帰りはしないか。あの男はおまえを受け入れてくれるのだろう。人は人の中で暮らしていくべきだとあの男も言っていた」

言葉の途中でミノルを見た、寂しそうなその眼差しに首を振る。

「たとえジャルバが迎え入れると言ってくれても、あの村はもう帰る場所じゃないです。おれの帰る場所はこの山です。ここがおれの、自分で選んだ居場所なんです」

山の神は目を細め、一度ゆっくり瞬く。ミノルの手から自ら顔を離して、それまで寄り添っていた掌をぺろりと舐めた。

「おれはもう山の者です。きっと、ここに来たときからそうだったんだと思います。でも村が大切なのには変わりありません。あそこはおれの生まれ育った場所です。ですから、そこが困っているから、少し実りを分けてもらおうと思っただけで。それだけのことで、ここから離れるつもりなんて本当にないです」

話をしている最中も舌が動きを止めることはなかった。掌だけでなく四つある指の股も両手ともすべて舐められて、親指も付け根まで咥えて甘噛みされる。

山の神の妨害のような気恥ずかしさを覚える行動に耐え抜き自分の考えを伝えきると、ようやく舌先が離れていった。

「——荒らしはしない、と。神樹の周りに来ないと約束させるのであれば、今回のことは許してやってもいい」

「っ、本当ですかっ⁉」

弾むミノルの声に、山の神は、ああ、とぶっきらぼうに答える。

「そもそも、いくら人間とはいえ、生きるために山に入るのであれば許さざるをえないだろう」

たまらず胸の上にある狼の頭を抱きしめた。

「ありがとうございます！　おれ、ちゃんと村のみんなに言い聞かせますから。山の神の温情を裏切ることは、しませんから」

「わかっている。わかっているから、離せ」

「あ、す、すみません……っ」

感激するあまりに抱えてしまった頭を離せば、顔の毛並みが乱れてしまっていた。それを直そうと手を伸ばせば、それよりも先に山の神が動く。

吐息がかかるほど顔が寄せられる。

「忘れるな。おまえが自分で選んだ居場所はここだ。あの村ではない。この山——おれのもとだ」

「……はい」

つい頬が緩んでしまうのを堪えきれず、山の神の瞳に腑抜《ふぬ》けた顔をする自分が映る。しかし顔を引き締めることはできそうになかった。

以前山の神の瞳に見た自分。それとは比べ物にならないほど満たされ、幸福そうで。

山の神に口に出されると、実感が違う。何度言われたって自分という存在を受け入れてくれていると確認できるのは幸せだった。

そんなミノルの隙だらけの顔を見ていた山の神は、面映ゆげに目を細めた。

「ミノル」

「はいっ」

「おまえは、おれとともに――」

不意に途切れる言葉。山の神は頭を振った。

「いや、なんでもない。それよりも、その腕はどうした」

「腕、ですか？」

なにを言いかけたのか気にはなかったが、指摘された左腕に目を向ける。すると手首の内側に爪で引っ掻かれたような痕が二本、血を滲ませ筋を作っていた。

これまでまったく気づかず、痛みもなかったのに、その存在を認めた途端に痛みを感じ始める。

「多分ジャルバに腕を掴まれたとき、引っ掻かれ――っ」

言葉の途中、山の神が腕に顔を寄せ、傷口に舌を這わせた。

ぴりっと走る微かな痛みに顔を顰める。大丈夫だと伝えても止めてはもらえず、血が止まるどころか皮膚がふやけたのではないかと思うほど念入りに舐められてから、ようやく顔が離された。

もう一度傷口を見てみると、山の神の唾液に濡れているが、血の痕すら残らず傷が消えていた。治してくれたようだ。

「ありがとうございます」

「それくらい大したことではない。それよりもよく注意を——ミノル、虚に入れ」

微笑みを浮かべるような穏やかな声が一変し、山の神の瞳から柔らかそうな雰囲気が消える。

ミノルの上から退いて、顎で神樹を示した。

「山神さま……？」

「心配はいらん。今はおれの言う通りにしろ。そこから出てくるな」

理由がわからないまま、ミノルは命じられた通りに虚の中に入りそこから様子を窺った。

山の神は神樹のある方向とは反対の木々が並ぶ場所へと目を向けたまま動かない。山の神と重ねた視線の先を見つめていると、人影が現れた。

「ジャルバ……」

ミノルの口から、再び顔を見せた男の名が零れる。程なくして傍までやってきたジャルバは、待ち構えていた山の神の手前で足を止めた。

去っていった際のように彼の表情は険しいままだ。友好的に話をしようという様子ではない。唯一変化があるとするならば、その手に古ぼけた冊子が握られているということだけだった。

「もうミノルの答えは知っただろう。なにをしに戻ってきた、小僧」

「山神であるおまえとミノルは、どうせともにはいられない」

「——どういう意味だ」

「村に戻ってきたところで、おれだってともに過ごせる日々など少なかっただろう。村の人間たちはいつかこいつが村を出ていくと確信していた。だから必要以上に接してはこなかった。——もっとも、半数以上はミノルを恐れてのことだったが」

しっかりと聞いていたのに、ジャルバの言葉を理解できなかった。

（山神さまと一緒にいられない？　いつか村を出ていく？　みんながおれを――恐れていた？）

わかることはただひとつ。ミノルの自身も知らぬなにかを、ジャルバは知っているということだけだ。

ジャルバは手にしていた冊子を山の神の足元へと放り投げた。

「ミノル。それはおまえの両親が持っていたものだ。そこにすべてが書かれている」

「りょう、しん……」

ミノルが生まれてすぐに亡くなったとされている、顔も知らぬ両親。大した遺品はなかったのですべて処分してしまったと聞かされていた。そのためミノルの手元に両親のものはなにも残されてはいなかった。

初めて見る亡き家族の遺品を見つめ、ミノルは虚から身を出した。

山の神の言いつけを破ってしまっていることにも気づかず、地面に膝をついて冊子を拾い上げる。

少なくとも十八年以上は昔のものになるそれは、紙の劣化が著しく、少しでも乱雑に扱えば破れてしまいそうだ。表紙の色褪せもひどいが、題名はかろうじて残されている。

文様のような複雑な文字は、以前見たことがあるこの地域の文字とは違っていた。もしかしたらこれは両親の故郷のものなのかもしれない。

「それは異国の文字だ。そこに、おまえの両親が旅をしていた理由が書かれているそうだ」

ミノルはそうっと、字を指先で辿る。

以前山の神が、ミノルが東の血筋だと指摘したことがある。そこの文字なのだろうか。

「彼らはなにも語らないまま亡くなったと教えていたが、それは嘘だ」

「え……？」

「礼儀正しい人たちだったそうだ。だからこそ、旅の目的をちゃんと伝えてくれたんだろう」

まだミノルの両親が生きていた当時に長が聞いたその内容を、ジャルバに教えてくれていたのだという。村の大人も皆知っていることで、あえてミノルには伏せていたそうだ。

「異国の文字といえども、山神を名乗る者ならそれくらい読めるだろう。だからそいつに中身を教えてもらうといい。そして真実を知れ、ミノル」

真実。両親がたったひとつ遺したものになにが書かれているというのだろう。それが、ミノルがいつか村を出るという理由に繋がるというのか。

両親の唯一の形見。いつも、たったひとつでも残っていればと思っていた。しかしようやく手に入れた今、ジャルバの言葉が気がかりで、軽いはずの冊子がひどく重たく思える。

手にする冊子をじっと見つめているうちに、ジャルバは背を向けた。

「おまえはきっと、この山も、そして村も捨てることになる。すぐには無理かもしれないが、準備が整えば、ときが来ればいずれ――それまででもおれならばおまえとともにいられる。理解できたのなら、村へ戻ってこい」

そしてそれは山の神には無理だと、言葉の裏で伝える。もし去ることになっても、わずかに残された時間ですら山の神の傍にはいられないのだと。

すべて確信を持って告げられたジャルバの言葉に、彼が歩き出しても、ミノルは冊子から目を離すことができなかった。

ジャルバが消えて、どれほど時間が経っただろうか。

「ミノル」

山の神に名を呼ばれ、ようやく顔を上げる。

「おまえの両親は雷に打たれ死んだのだったな」

「――はい。立ち寄った村で出産をし、母さんの体力の回復を待って再び旅立つ予定だったと聞きます。でも二人とも、死んでしまって。だから赤子のおれを村が引き取って、育ててくれました」

「何故両親が旅をしていたのかは知らないのだな」

「誰にも、言っていなかったって……そう聞かされていました。ただどこかへ向かう途中の旅人だったんだって」

両親が異国からの旅人であるということ以外、どこから来たのか、どこを渡ってきたのか。ミノルはなにひとつ知らなかったし、これまで村人の誰も知らないのだと信じていた。

しかし真実は隠されていて、それは今ミノルの手の中にある。

「ミノル、それを貸せ」

声を出すことも頷くこともできず、鈍い動きで山の神の足元に冊子を置いた。

山の神は爪の先で器用に表紙を開く。内容を覗くことができなかったミノルは、代わりに本を読む山の神の横顔を眺めた。

だから気づいてしまった。それまで冷静だった山の神の瞳に動揺が走ったことを。

山の神は黙々と頁《ページ》をめくり、そうして半分ほどを開いた頃、深く目を閉じた。

「――山神さま？」

名を呼ぶと、山の神はすうっと瞼を持ち上げ、立ち上がった。

まだ文章は続いているというのに、紙面から目を離して背を向ける。

「……しばらく、一人にさせてくれ。戻ってくる」

咄嗟に伸ばしかけていたミノルの手は、慣れ親しんだ毛並みに触れることはできなかった。

歩き出した山の神はすぐに手の届かぬ場所に行き、やがて木々にのみ込まれるように山の奥へと消えてしまった。

行き場のない指先をそろそろと下ろすと、それは開いたままの冊子と重なる。

目線を落としたミノルは、両親の形見と向かい合った。

学はないので読めないが、以前村で管轄する倉庫の整理をした際に本自体には触れたことがあったから、文字そのものは知っている。しかし、縦にうねるように並んだ文字は見知った横文字とはまったく違う。

一度本を閉じ、表紙を見る。

表紙には、〝わたしの血を継ぐ者へ〟と記されていた。

「やっぱり読める……」

ミノルはその文字を読んだ。この地方の書物さえ読めないのに、異国の文字を見て、頭の中には確かにその言葉が思い浮かんだのだ。

先程見開いたままになっていた頁もさっと目を通しただけだが、なにが書かれているのか理解できた。そして表紙も、初めて見たときと同じで、そこに書かれていることがわかる。

考えられるとしたら山の神の力だ。獣と言葉を通わすことも可能な彼の力を、通常よりも多く取り込んでいることを思えばあり得ない話ではない。

〝わたしの血を継ぐ者へ〟と書かれていた冊子をミノルの両親は持っていた。ならば二人の血を継ぐミノルもまた、これを書いた者の血を継いでいるということだ。

ミノルは本を抱きしめる。

これを読み、山の神は立ち去った。それだけの理由が記されている。知らなかった自分のことがここにある。

真実を知るのが恐ろしい。それは残酷なことなのかもしれないが、だがきっととても大切なこと。

ミノルは抱きしめた冊子を両手で持ち直し、ゆっくりと表紙をめくった。

やはり読み取れる文字は、ミノルに語りかける。

〝わたしの血を継ぐ者へ。これは一族に科せられたわたしの罪である。血を継ぐ者に引き継がれる罪である。〟

「っ、は、はぁっ――――」

夕暮れに赤く染まる森の中を闇雲に走る。

足元など見ていなかったミノルは地面から出ていた木の根に躓《つまず》き転んでしまった。その際、腕に抱えていた冊子を投げ出してしまう。

身体を打ち付けた痛みに呻くのを止め周りを見渡せば、すぐに冊子は見つかった。

もう落とさないように胸にしっかり抱え直し、再び走り出そうとしたところで、聞き覚えのある声がかけられた。

『そこにいるのはミノルか……？』

振り返れば、そこにはカシコイがいた。

ミノルの顔を見るなり、いつも穏やかであるはずの彼の目が見開かれる。

『――泣いているのか？』

「……あ、ぁっ」

カシコイ、と名を呼んだつもりだった。だが実際ミノルの口から出た声は言葉にすらなっていない。

張り詰めていた糸はカシコイの顔を見た瞬間に切れて、ミノルはその場に崩れ落ちてしまった。

カシコイがミノルのもとへ駆け寄ってくる。その間にも流れたままの涙が、頬を伝っては地に吸い込まれるように落ちていく。

『落ち着け。どうしたというのだ。山の神はご一緒ではないのか？』

「っ――」

その名がカシコイの口から出てくるであろうこと

はわかっていた。しかし、聞いたらびくりと肩が跳ねてしまう。

　ミノルが見せた反応から、山の神との間になにかがあったことは明らかになってしまった。

　カシコイは目を細める。その姿に、ミノルは両親の形見を強く抱きしめ、激しく首を振って涙を散らした。

「カシコイ……どうしよう、どうしよう……！　おれ、ここにはいられない。山神さまの傍にいちゃいけないんだっ」

『どういう意味だ、ミノル』

「おれが、傍にいる資格なんてっ」

『ミノル！』

　滅多に荒げないはずのカシコイの大声に、ミノルはようやく我に返った。

『――落ち着くのだ。なにがあったか、ゆっくりでいい。わたしに説明してくれないか』

　まずは涙を拭きなさいと言われ、袖で目元を拭う。すぐに新しく溜まった涙がほろりと零れたが、止まるまで続けた。

『もう大丈夫だな』

　ようやく涙は止まり、ミノルは頷いた。

『ではミノル、教えてくれ。何故あなたは泣いていた？　何故、山の神のお傍にいられぬなどと言うのだ』

「――……」

　ミノルは抱えたままでいた本をカシコイに差し出した。

「――これは、おれのご先祖さまが書いたものなんだ。それで、ここに……おれの両親が、なんで旅をしていたのか。どこを目指していたのか、書かれていた」

『そうか……この表紙に書かれているのは文字なのか？』

同じく山の神の力を受けたカシコイだが、ミノルとは違い、文字は読めないようだ。

頷いたミノルは、表紙に書かれた言葉を口にする。この文章を書いた者が、自身の子孫に向けて記したものを。それを聞いたカシコイは一度深く息を吐いた。

『なるほど――ミノルはこの中身も読んだのだな？　ならば教えてほしい。酷な、ことではあるだろうが。その本と山の神、そしてミノルとの関係を知りたいのだ』

文字が読めずにすまない、と謝るカシコイにミノルは首を振って応える。

「いいんだ。むしろ、カシコイに聞いてもらったほうが、きっとおれにとっても、山神さまにとってもいいことだと思う。だから、少し長くなるかもしれないけど……おれのご先祖さまがしてしまったことを、聞いてくれる？」

しっかりと目を見て頷いてくれたカシコイに安堵する。それと同時に、この話を終えたときの彼の反応が恐ろしくも思えた。

しかし、去っていった山の神と、そして自分が背負っていたもの。突如として舞い込んだすべての現実を一人で抱えるには、ミノルは未熟だ。甘えている弱い自分を自覚しながらも、どうしてもカシコイに頼りたかった。

一度は差し出した冊子を再び胸に抱き、さっき読んだばかりの内容をカシコイに伝えた。

――今から百年以上、昔のことだ。

ミノルの血を辿ると、この大陸ではなく、海を挟んだ遠い遠い東の果てのものとなる。

そこのそれほど大きくはない島にあるうちのひとつの国の主が、ミノルの先祖だった。

治めているのは小さな国であった。山中にある国はそれほど栄えているわけでもなかったが、しかし戦争はなく穏やかで、飢えに襲われることもなく民の心は豊かであったという。

国が平穏であれた理由はひとえに、城の裏側にある山に住まう大妖怪の加護があったからである。

本来国がある土地は生物の生気を吸う悪しき者が生まれやすい場所であったが、領土拡大を望む隣国から常に狙われていた。しかし大妖怪が裏の山を気に入り住みついたことで、悪しき者を祓ってくれるだけでなく、静かな場所を奪われたくないからと隣国の脅威からも守護してくれるようになった。

大きな恩恵を授かった国はそれ以降、大妖怪を山の神として信仰し、多くの供物を捧げるようになった。秋になれば感謝を伝える祭りを開き、国の平和と山の神との絆《きずな》を盛大に祝う。山の神は素直ではなく、呼ばれるといつも、山の神ではないと渋い顔をした。しかし誰もそんなぼやきは聞かず、山神さまと舌足らずな子供でも笑顔でそう呼んだ。

とても良好な関係を築けていた。とくにミノルの先祖は山の神と親密で、信者と神というよりも友の関係に近かったという。ともに月を眺めては杯を交わしたこともあり、その席で酔った先祖はよく、国の行く末について語ったという。

大国にならずともよい。自分たちがこうして今を穏やかに過ごせるのであれば、国中に笑みがあるのならそれで十分なことだと。

それに対し山の神は、国の主がそうであるからこそ自分は今後も力を貸そう、と答えたのだという。

昔から山の神と共存することによって保たれてきた平和。長い歳月のなか国の主が変わっても続いたそれは、今後も変わることはないと誰もが思っていた――しかし唐突に、人間が山の神の温情を裏切った。

山の神の住処である山に火が放たれたのだ。

瞬く間にそこは火の山と化した。そしてすべてが燃え尽きた後、緑は欠片《かけら》すら残らなかったという。黒ばかりに埋め尽くされていたと。

唯一あったそれ以外の色は、白い山の神の姿だけ。それが山の頂にぽつりと浮かび上がっていた。

火を放ったのはミノルの先祖だった。国の主であり、山の神から恩恵を受ける立場であるその人が山を殺したのだ。

友とさえ思っていた者からの裏切りを受け激高した山の神は、守ることのできなかった己の山から離れていってしまった。それ以降、山の神が国の近くに姿を現すことはなかったという。

山の神が去った後には目まぐるしく様々なことが起こり、やがて火を放ったミノルの先祖は戦禍の最中に病死する。彼の娘は、父が記し残した冊子を手に逃亡した。


彼女が生きることを選んだ理由はただひとつ。裏切ってしまった山の神への償いのためだ。

どこかへ行ってしまった山の神を見つけ出し、己の父がしてしまったことを謝罪するために、彼を見つけるためにどれほどかかるかも知れない長い旅を始めたのだ。


一族の償いの旅の始まりまでを語り終え、ミノルは一度深く息を吐く。それは情けないほど震えてか細かった。

すでに裏切り者の娘は亡くなっている。しかし旅の目的は果たされてはいなかった。その証拠が今ここにある古ぼけた冊子と、そして彼女の血を引くミノルの存在だ。

ミノルの両親も先祖たちの意思を継ぎ、宛てもないまま山の神を探して旅していたのだ。

先祖の罪を背負っていたミノルの母親は、自分には山の神の怒りを買った者の血が流れていることを村人に説明をしていた。いつその怒りがこの身に降りかかるか、そのときなにが起こるかわからない。どんな迷惑をかけるかもしれないからと。村はすべてを承知した上で、身重の女を追い返すわけにはいかずにしばしの滞在を許したのだった。しかしミノルを産んだ直後に雷に打たれ、彼女は夫とともに志半ばで亡くなってしまった。

残されたのはかつて山の神を追いやった者の血を引く赤子に、この地では誰も読むことができない異国の文字で書かれた冊子だけだった。

冊子の最後に、ジャルバが記したと思われる一枚の紙が挟まっていた。それによってミノルはようやく、村人たちの真意も知ることができた。

村人たちは何度もミノルを山に捨てることを考えたという。幸か不幸か、近くには不帰山といういわくつきの山がある。そこでなくとも、なにもできない赤子を山に置き去りにすれば一晩と経たずして獣が食らってくれる。自分たちの子でないのだから、見捨てることはとても簡単だった。

しかし誰もそうしなかった。なにも知らない赤子が、誰に対しても愛想がよかったからで、そして生まれて間もなく一人ぼっちになってしまったのがあまりに哀れだったからだ。

それに、誰もが不思議と確信していたのだという。いつか赤子が成長すれば、きっと村を出ていくことになると。それは先祖の罪でさえも我がものとし旅を続けていたミノルの両親を見ていたからかもしれない。

きっとミノルも、その跡を継ぎ村から出ていくだろう。ならばそれまでは村に置いてやろうと、そう皆で決めたのだという。

しかし愛情を与え可愛がっていることを、かつて追い出された山の神が知れば村にも怒りの矛先が向かうかもしれない。だから、育てはするが冷遇したのだ。

やがて村とその周辺は深刻な水不足に陥った。追いつめられていった村人たちはなにが原因であるかを考えているうちにミノルに思い当たった。

もしかしたら、ミノルが招いた呪いではないのか、と。

そんなことはないというのは誰しもわかっていた。もともと雨が少ない土地であり、過去何度も長い乾期による水不足に苦しめられた時期があったから。だがそれでも、なにかが原因と考えたかったのだ。そうでないとあまりにも苦しい現状に気が狂ってしまいそうだった。

そして少しでも村に悪い影響を齎す者を取り除くことを考え、ミノルを追い出すことに決めたのだ。

不帰山に山の神がいるなどと誰も思っていなかった。しかしミノルを山に向かわせる理由がいる。そこで思いついたのが、雨乞いのための生贄になってもらうことだった。以前に神の遣いのように美しい白い狼を不帰山の付近で見かけて、それを思いついたそうだ。

結局のところミノルは不帰山にいる山の神への花婿でも、生贄でも、なんでもない。赤子のときに救われた命が今頃になって捨てられただけだった。山犬に襲われたあのときこそ、村人たちが真に望んでいた瞬間だったのだ。

自分の真実を知ったミノルは、すぐに不帰山を出ることを決意した。それは村の思惑が悲しかったからではない。本当は山の神への捧げものでなかったからでもない。

罪を償う旅を始めるわけでもなかった。そもそもミノルは旅をする必要などない。

だって、もう見つけてしまったから。先祖が裏切った山の神を、もう知っているから。

〝彼《か》の方は真白の狼の形を成し、そして瞳は海の果てにも及ばぬ深き色。まさに神々しく、神を名乗るに相応しき、美しくも力強きお姿。不器用で、けれど心優しき唯一の我らが神よ〟――冊子の一節に、山の神についてそう記されていた。だからすぐにわかった。

かつては妖怪と呼ばれながら、人々から崇《あが》められ山の神となった守護者。そして蒼い瞳の白狼の姿を持つ、不器用で、けれども本当は優しい者。

ミノルが唯一知る山の神。その者と、そして山を追われた山の神は同じ者なのだと、気づいてしまった。

そうであるならあれほど頑なに人間を嫌っていたのにも納得がいく。かつては愛していても、手ひどく裏切られたからだ。

「おれはここにいちゃいけないんだ。傍にいる資格なんて……っ」

収めたはずの感情がまた膨れ上がる。それを宥めるように、カシコイはミノルに尋ねる。

『山の神はこれのすべてに目を通したのか？』

「――いや、半分ほどさっと読んだだけだ。でも、それだけでももうおれが誰の血を引いているのかわかったと思う」

『つまりすべてを読み切ったわけではないのだな。ならばミノル、山の神にすべてを読んでもらうのだ』

腕に抱えた冊子へと目を落として、ミノルは首を振る。

「全部読む必要なんてない……。知るべき事実は前のほうにほとんど書かれていたから。これ以上はつらい記憶をさらに呼び覚まさせてしまうだけになる。だからいいんだ」

『だからなにも言わずにこの山を去るつもりか？』

「……ううん。お会いして、謝罪して――後のおれの処遇はすべて山神さまにお任せする」

カシコイにすべてを打ち明けた今、多少戻った冷静さが、考えなしに走り去りたい気持ちを押し留める。知らなかったとはいえ、一族が償うべき罪は残されたままなのだから。

「出ていけと言われたならここを出ていくし、もし、許してもらえなかったら、そのときは——言われたことはなんでもするつもりだ」

たとえ命をもって償えと言われたとしても。それでもミノルは山の神の言葉に従うつもりだ。それだけのことを先祖はしてしまったのだから。

裏切り、すべてを奪い、そしてこの遠い異国の地まで追いやった。そんなあまりの仕打ちに人間すべてを嫌う山の神の怒りは当然のものであり、そう簡単に許されるようなものでもなく、裏切り者の血を引くミノルが恨まれるのも道理だ。

俯くミノルに、カシコイは言った。

『ミノルが身を委ねると言うのであれば、すべては山の神によって決められよう。ならばこそ差し出したこれを読まないと決めるのもまた山の神ではある。あなたが読むべきでないとするのは間違えている』

「で、でも——」

『ミノル』

微笑んでいるかのように優しく、カシコイの小さな瞳が細められる。

『山の神はあなたのもとを去るとき、出ていけと言っただろうか。顔も見たくないとでも口になさったか？』

「……しばらく、一人にしてくれって。戻って、くるからって」

『ならば今はそのお言葉に従うのだ。あなたがすべきは己の罪悪感を押しつけることではなかろう。山の神の判断を待つのだ。身を委ねる覚悟をしたのであればそうしなさい』

真実を明かされてもなお、カシコイは以前と変わらない穏やかな声でミノルへと語りかける。大切な山の神を傷つけてしまったのだから怒ってもいいのに。それなのに、優しいカシコイのままだ。

止まっていた涙がまた滲み出す。

「や、山神、さまは……本当に、お、おれのもとに、戻ってきてくれるかな」

不安でいっぱいだった。

戻ってくると言っていた。しかし、本当ならば顔も見たくはないのではなかろうか。すべてを奪った相手の子孫なのだから。

本当は会いたい。今すぐ会いたい。でも会いたくない。会えない。だって、会ってなにを言えばいい。謝って、だがミノルにできるのはそれだけだ。ミノルには地位も財産もない。失うほど価値があるものは、ただひとつ——居場所だけ。

だがそれも、もうないものに等しいのに。

『ミノル』

冊子を抱えた手の甲に、ひんやりと湿るカシコイの鼻が押しつけられた。はっと顔を上げれば、見守り続けてくれる瞳と目が合う。

『今あなたがすべきはただひとつ、山の神をお待ちすることだけだ。さあ、神樹へと戻りなさい。大丈夫だ、山の神はじきお戻りになるだろう』

「……うん」

『一人で行けるか?』

立ち上がり、目元を拭う。

「うん。ありがとう、カシコイ。おれ、ちゃんと山神さまをお待ちするよ」

『それでよい。後はなるようになるのだから流れに身を任せればいい。山の神が導いてくれよう』

頷いたミノルは、歩き出す。

神樹に戻るミノルを、カシコイは最後まで見守り続けた。

日が沈んだ後、神樹へと戻った山の神が虚の中を覗くと、ミノルが隅で丸くなって眠っていた。

山の神を待つ間、泣き疲れてしまったのだろう。擦った目元は赤くなり、涙の痕も残っている。

恐らくは、本の内容を読み、そして知ったのだろう。自分が何者であったかを。

ミノルの傍らに置かれた古い冊子。かつて友であった者が書いた表紙の文字に、妙な懐かしさがこみ上げる。

もし彼にまつわるものを見かけたら、きっと嫌悪に苛まれると思っていたのに。まさか懐かしいと感じるなど、自分自身の感情を不思議に思った。

山の神は虚に入り、ミノルの隣に横になる。

一度は読むのを止めてしまった冊子を、爪の先で再び開いた。

虚の中に差し込む月明かりは文字を読むには不十分である。しかし山の神という生き物の理《ことわり》から外れる者であるからこそ、そんな闇にほど近い状況下でも内容を追いかけることができる。

山の神が読もうとしたとき、隣で小さなくしゃみが聞こえた。

振り返ると、ミノルがさらに身体を丸めて小さくなっている。虚には毛布がないので、いつもは山の神が包んでやっているが、今日は一人で寝ているから冷えてしまったのだろう。

起こしてしまわないように尾だけをミノルの上に置いて、再び手元に目を戻す。

山の神が裏切られ、焼け果てた山から出ていったところまでは読み終えた。これから先は、その後の話となる。

山の神は当人——実成《さねなり》に問いただしたことがある。何故火を放ったのは本当におまえであるのかと。何故そのようなことをしたのだと。しかし彼からの返事はただひとつ。

　すまない――それだけだった。一国の主である者が、身に纏った衣を煤《すす》だらけにしながら、額を地に押しつけて土下座をしていた。求める答えのすべてはそこにはなかったが、彼のその行動だけで事実を知るのには十分だった。

　弁明もせず頭を下げ続ける姿に、裏切られたことへの激しい怒りと山を守れなかった自責の念、すべてを失った絶望、虚《むな》しさ――その多くを抱え、そして山の神はこれまで守り愛し続けたすべてのものを置いて去った。それ以降あの場所へは戻っていないし、海に囲まれた小さなあの島にすら足を踏み入れることはなかった。

　そうして宛てもなく彷徨っているうちに、人間からは不帰山と呼ばれるこの山と、寝床となる広い虚がある神樹を見つけたのだ。それからここを自らの場所とし、人間との関わりを一切断ち、獣たちとだけ暮らしてきた。

　失ったものの大きさに、これまでずっと忌まわしき記憶から目を背けてきた。それほどまでに山の神は信じていた者の裏切りに心を痛めつけられたのだ。だがそれ故に真実を知ろうともしなかった。

　そもそも何故、山の神と善良な関係を続けることができていた実成が、同じく愛し守っていたはずの山に火を放ったか。冷静な今の頭で考えれば、彼が理由もなくそんな暴挙に出るような男ではなかったのを思い出す。

　山を殺す行動を、優しい男であったはずの実成がとってしまった理由。そのすべてが、文字を追いかけるたびに明らかになっていく。そしてそれと同時に、頭に重なっていく文字の数だけ山の神の心も重く沈んでいった。

　山の神の存在によって平穏が保たれていた国。ならば山の神がいなくなればそれが崩れると考える者がいた。

山の神のいる土地を狙う隣国の者だ。彼らはどうすれば山の神を追い出せるかを考え、そして計画を立てた。

そして狙われたのは実成の家族だった。

実成には心から愛する妻と、その間に設けた二人の姉弟がいた。子らが誕生した際には山の神も祝福に訪れ、生まれたばかりで皺だらけの赤子の顔を見たのを今でも鮮明に覚えている。

その愛する妻子が外出していたところを、隣国の者どもが捕らえたのだ。そして解放の条件として示したのが、実成を主と据える国の象徴たる山の神を追い出すことだった。さらにそのために山に火を放てとまで命じてきたのだ。

捕らわれた家族の命と、国の将来が天秤《てんびん》にかけられてしまった。一国の主であるならばどちらを切り捨てるべきか答えは決まっているはずだった。しかし彼はすぐに決断できなかった。

実成は、あまりに情に厚すぎたのだ。本来は上に立つ者が備えているべき、小を切り捨てることができぬ、非情になりきれぬ男だった。そんな彼が小国とはいえ一国の主の立場にあれたのは、ひとえに強力な後ろ盾となる山の神の存在があったからであり、甘い考えを通せる環境にいたからだ。

彼は国と同じだけ己の家族を心の底から愛していた。だからこそ選択などできないふたつの間に挟まれ苦しんだのだ。

――そして彼は選んだ。家族を守り、国の安寧と山の神を切り捨てることを。

その後を想像するのは容易《たやす》く、山の神も予想していた通りの結果が待ち受けていた。彼の行いは愚かでしかなく、山の神が去った後、国は衰退の一途を辿ったことが冊子には書かれていた。

隣国の命に従ったにもかかわらず妻と息子は命を奪われ、娘だけが一人生きて返されたが、明るかった彼女はすでにどこにもおらず深く心を閉ざしてしまっていたという。

やがて実成は病に冒され、隣国との戦の最中に病死したようだ。そこで実成の文字は終わり、今度は別人の手で続きが書かれていた。恐らく、内容からみて娘が書き足したのだろう。

一人残された娘は自害を考えて己も散ろうと思ったそうだが、父に山の神のことを託されており、それ故に隣国に降《くだ》った故郷から一人の従者とともに逃げ延びて、それから旅を始めた。

その先で従者との間に設けた子を抱えながら、その子もまた旅先で出会った相手と子を成して血を繋いでいった。そして、今のミノルまで血は残され続けたのだ。

実成が子孫へと綴《つづ》った書物の後半には、すべての始まりとなってしまった彼の後悔が、山の神への詫《わ》び言とともに延々と書かれていた。そして、己の罪を背負わせてしまう子孫への謝罪も。

最後に挟まっていたジャルバが書いたらしいミノルへ宛てた文章までもを読み終え、すべての真実を知った山の神は静かにそれを閉じた。

目を瞑り、深く息を吐く。

しばらくそうしてから、虚から覗ける月を見上げた。

満月よりかはいくらか欠けた月である。真ん丸とはいかないそれは、かつて友であった男と酒を酌み交わしながら眺めたものにとてもよく似ていた。

結局は実成を甘やかしてしまっていた自分にも責任があった。彼は生まれたときから穏やかで、争いごとがどうにも苦手で、だがその優しさを忘れないでほしいと大切にしていた。その弱みにつけこまれたのだ。

彼が呆れるほどのお人好《よ》しだったのを、随分長いこと忘れていた。だが山の神は、虫も殺さず追い出すだけの、あの甘ったれの愚か者がやはり好きだったのだ。

隣にいる寝顔に目を向ける。なんとなく実成を思い出させる面影は、同じ地方の血筋だからだと思っていたが、彼の子孫であるなら納得だ。その性分まで似てしまうとは血は争えないものである。

だがきっと、ミノルは実成以上の愚か者になる、そんな気がする。それだけ自分が甘やかすような予感がするからだ。

初めはただ、哀れに思った。誰からも愛されず、けれども愛されるために懸命に自分の犠牲を望む姿が痛々しかった。

受動的なのかと思えば、その心に通った芯は意外としなやかで、こうと決めれば融通が利かなくて。けれども大抵の者が得られるささやかな幸せに零す笑みは、とても愛らしくて。

脅しても屈さず、震えているのに逃げ出しもしない、面倒で厄介な者だと、早く村に帰ってしまえばいいと思っていた。しかし、傍に置いているうちに、気づけば目が離せなくなっていた。

すべてを知ったミノルがなにを思ったかは見当がつく。そして、去ろうとするであろう彼をどうすれば引き留められるか、今はそればかりを考える。

山の神ともあろう者が、これほどまでに一人の人間に振り回されることになるとは思わなかった。だが、悪くはない気分だ。

なんだかんだで面倒をみるのもお好きでしょう、と言ったカシコイの言葉のままになってしまったことは癪だが、結局はその通りなので、明日会ったときには大人しく笑われてやろう。ミノルと二人で。

「――おい」

起こしてしまうのは忍びないが、話したいことがある。きっとそれをミノルも望んでいる。

「起きろ」

鼻先で身体を揺すると、ゆっくりとミノルの目が開いていった。


どうやら、山の神を待つ間に眠ってしまっていたらしい。

身体を揺すられていることに気がつき、慌ててミノルが起き上がれば、穏やかな蒼い瞳と目が合う。

山の神の前足の傍には閉じたあの冊子が置かれていた。

「読み終えたのですか？」

「ああ」

「……そこに書かれている山の神とは、山神さまのことですよね？」

「そうだ」


返事を聞いたミノルは山の神と距離をとる。

向かい合いになり、深く頭を下げた。

「ご先祖さまがしでかしたこと、申し訳ありませんでした。謝って許されることでも、到底償いきれることでもありません。でも、今のおれには言葉にすることしかできません。本当に、申し訳ありませんでした」

額を虚の床につけながらミノルは言葉を続ける。

「差し出せるものはこの身しかないです。処遇は山神さまにお任せします。どんなことであろうとも、おれができることであればします。せめて山神さまのお心が少しでも癒されるよう、お好きに扱ってください」

覚悟を決めたミノルの言葉に、山の神はしばらく沈黙した後、静かに口を開いた。

「おまえはあくまであいつの血を継いでいるだけのこと。それなのに何故、たったそれだけの繋がりしかない、当事者でもないおまえがそうまでできる。自分には関係ないと、押しつけられた責任など放り出せばいいだろう」

「――確かに、ご先祖さまとは血の繋がりしかありません。でも今のおれにまで続くものがあるように、それだけのことをその人は山神さまにしました。山を、緑を、命を……居場所までもを奪い、信じてくれた心を傷つけました。たくさんの、苦しみを与えてしまいました」

この山と同じように慈しんでいたであろうそれらをすべて燃やしてしまった。そこには多くの者が住んでいただろう。きっと、逃げ切れず山とともに焼かれた命もあっただろう。

緑は欠片も残らなかったという。そんな山の頂に立ち、山の神がなにを思ったか。一介の人間であるミノルでは計り知れぬほどのものがそこにはあったはずだ。

「それらはすべて、もう二度と……どんなに願おうが、後悔しようが、戻ってくることはありません。――父さんたちが血の繋がりしかないご先祖さまの意思を継いで旅をしたのと同じです。これまでみんながそうしてきたのと、同じ……だからおれも、彼らの意思を、つ、継いで……山の神にお詫び、します」

途中からは涙に濡れる声を聞かせてしまいながら、それでもなお自分が償うべきものをすべて抱え、ミノルは山の神に頭を下げた。

「――頭を上げろ」

顔は耐え切れずに溢れた涙でぐちゃぐちゃになっていた。それでも言われた通りに頭を上げると、額に張りついていたらしい枯葉が剥がれてはらりと落ちていく。

濡れた顔を拭わないまま前を見れば、向かいにある蒼い瞳は真っ直ぐにミノルを見つめていた。

「ひとつ、おまえに尋ねたい。先祖を恨んでいるか。このような罪なき罪を背負わされ、憎いか。……おれのことなど考えず、おまえの本心を教えてくれ」

ミノルは求められるままに、自身の本心を口にした。

「恨んでなんかいません。家族を、守りたい気持ち——どうしても、捨てられなかった気持ち、わかるから。おれ家族なんていなかったけど、でも大切なものを思う気持ちだけはわかります。だから」

たとえ誰もが間違えた判断だったと指摘しても、その結果今のミノルがあるとしても。山の者も、国の人々も、一族も、多くの人が巻き込まれてしまっても、たくさんの不幸がそこにあったとしても。それでもなお過ちを犯した先祖を憎む気持ちだけはなかった。

大切ななにかを守りたい。それは、誰しも当然に抱いている気持ちだ。身勝手に多くを奪われた山の神には悪いと思うが、それが偽りのないミノルの本心だった。

静かに閉ざされる瞳。けれど目を逸らさず見つめていれば、再びまみえた蒼と視線が絡まる。

「許せぬと——決して許すことなどできないと、ずっと思い続けていた。おれは確かにあいつを恨んでいた。長年抱き続けたそれが今すぐ消え去ることはないだろう」

山の神はミノルの顔に口元を寄せ、ただ流れるままになっていた涙を舐めとった。

右の頬を、そして左も目尻まで舐め上げ、間近で視線を重ねながら穏やかに目を細める。

「だがいずれ、時間が解決してくれよう。あいつにも事情があったことを知ったのだ。裏切られたことには変わりないが、あの男が愚かなほどに人がよかったことを思い出した。そして、同じように馬鹿でお人好しなおまえに重ねたときもあった。それがきっとおれの中にずっとあった答えなのだろう」

「やまがみ、さま……」

「ミノル」

また溢れてしまった涙を舌で掬いながら、山の神はミノルの名を呼ぶ。

もう二度と、呼ばれることはないかもしれないと思っていたのに。

山の神はミノルの胸に頭を押しつける。

「ミノル。見守ってくれるか。おまえにあいつのことを語ってやれる日が来るのを、あいつを思い出し笑える日が来るのを。子孫としてではなく、償いでもなく、ミノルとして。おれを、見守ってくれるか」

「――おれでよろしければ、ぜひ見届けさせてください。最後まで、山神さまが笑ってくださるそのときまで」

山の神に腕を伸ばし、ミノルはその腕いっぱいに抱きついた。

長い毛に顔を埋めながら、ミノルはぼろぼろと涙を零す。

誓った日がいつやってくるのか。それは誰にもわからない。

山の神がどれほどの恨みを抱えていたのか、それもミノルにはわからない。だがきっと、許すためにはそれを抱えていた日々と同じだけか、もしくはそれ以上かかるだろう。

この寿命が尽きるまで果たされることはないかもしれない。

それでも約束した。美しく、優しすぎる白狼の姿を持つ山の神と、確かに誓ったのだ。

しばらくミノルは泣き続け、ようやく涙が止まった頃にそろりと山の神から身体を離すと、また濡らしてしまった顔を舐められる。

熱い舌を肌に感じながら、顔を寄せる山の神を見つめた。

「——山神さま」

「なんだ」

「おれは、どうすればいいでしょう」

約束はしたが、それで先祖の罪が消えたわけでも、それに対する償いができたわけでもない。

他になにができるか求めるミノルに、山の神は舌を仕舞うと、溜息混じりに言った。

「言ったはずだ。見守ってくれればいい」

「でも、それだけでは」

「まったく。おまえは案外頑固者で、そのくせ臆病だな。ならば理解するまで何度だって言ってやる。おまえはもう自由に己の意志で生きていいのだとな。償いはもう十分になされた。己の人生を犠牲にしてきた者たちがいる。それでもういい。おまえはおまえが望むように生きろ。ここにいたいと思うのであれば、血に答えを求めるのではなく心に従え」

「心、に……」

「——どうしてもなにか命じてほしいと思うのであれば、ひとつ、科してやろう。他の者のためではなく、己のために生きてみせろ。これまでのおまえの馬鹿な自己犠牲の精神を考えればなにより難しいものであろう」

山の神の頬がミノルの頬に重なり、擦り合わされる。

「どうせおまえは言われずとも罪の意識を消すことはないだろう。おれという存在に捕らわれ続けるのだ。ならばそれ以上はもういい」

山の神の言う通り、今回知ったことをミノルが忘れることはない。生涯胸に抱え続けることであるだろう。

それを背負い続けてもなお、自分が望むのであればここにいていいのだとも言ってくれた。傍らで償いながら、見守り続けていいのだと。

「……おまえは随分泣き虫になったな」

呆れた声、けれどどこか優しさが滲む小さな笑い声を上げた山の神は、再び泣き出したミノルの頬を舐める。涙を辿り顎まで舐めて、くんくんと首筋の匂いを嗅いだ。

　鼻先は上がっていき、耳裏にも舌が触れた。山の神の吐息が耳にかかり、ざわりと肌が立つ。

「ふ、っ……ん」

　くすぐったさに身を捩れば、動くなと言わんばかりに前足で身体を押さえつけられ、今度は鼻先をぺろりと舐められる。そうしているうちにいつの間にか身体は押し倒され、山の神が覆い被さった。

　太く長い尾が揺れて、その風圧に下に敷かれる木の葉たちが舞っていく。ミノルの顔を熱心に舐める山の神は、己が尾を振ってしまっていることに気づいていないようだった。

「山神さま……っ」

　肌を舌で撫でられる心地よさに、ぞくぞくと背筋が震える。それは影を消すための行為で感じた、あの、あらぬところをひたすらに舐められていたときの快感に似ている。

　このままではまずいと思ったミノルは山の神の口元に掌を突き出すが、そこにまで舌が這い、どんどん力が抜けていく。そして身体には熱が溜まっていく。

　耳の裏まで舐められたときには、山の神の鼻息が耳にかかり身体が痺れるように震え上がる。

「っふ……ん」

　口元を手の甲で覆うが、それを咎めるように口の端に舌が這う。

　何故こんなことになっているかわからないまま、与えられる緩やかな心地よさと、言いようのない羞恥、くすぐったさを懸命に受け入れる。

「歯止めが利かなくなりそうだな」

「っ……え？」

「なんでもない」

呟きを聞き取れなかったミノルが聞き返すと、山の神は苦笑する。

再び顔に舌が伸ばされそうになったそのとき、山の神はふと動きを止めた。ぴくりと耳が動き、虚の外を振り返る。

「山神さま？」

上半身を起こしたミノルは、山の神の視線の先にある暗闇に、ぽかりと浮かぶ赤い光を見た。

ゆらゆらと揺れるそれはこちらへ向かってきており、やがて、炎に照らされたジャルバの顔を見せる。

山の神はミノルに虚の中にいるよう告げ、一人で外に出ていった。

松明を手にしたジャルバと、それを迎える山の神。再び対峙することになった二人をミノルは虚の口に手をかけ見守る。

ジャルバは足を止めると、口を開いた。

「ミノルを迎えにきた。もう事情はわかっただろう」

棘《とげ》のある声音に、けれど山の神は落ち着いた様子で返した。

「ああそうだな。ミノルが何者であるか理解した。だがこいつは今まで通りここにいる。おまえのもとには行かない」

「――そいつはいずれおまえではない山の神を探し旅に出る。それに、同胞を追いつめた血のミノルを許せるというのか」

そんなわけないだろう、とでも言うようなジャルバの言葉に、山の神が苦しんだ長い歳月を思い胸が痛む。

だが、この苦しさも、胸の痛みも、すべて抱えたまま生きると、ここに留まると決めたのだ。

ミノルがぐっと拳を握ったところで、山の神は問いに答えた。

「言っただろう、おれはこいつが何者であるか理解したと。その上でミノルの望むままにここへいることを許した。それがすべてだ」

それでも納得できないと、眉間の皺を険しくさせジャルバが口を開きかけたとき、さらに山の神が続けた。

「まだわからないか？　かつて山を奪われ東の国を捨てた山の神とはこのおれだ。目的の者が見つかったのだからミノルはもう旅をする必要はないし、そのおれが許したのだからどこへ行くことも、傍を離れることも必要ないのだ」

ジャルバは、呆けたように山の神を見つめた。けれど一度俯いて肩を震わすと、次に顔を上げたときには先程よりもよりきつい眼差しで睨みつける。

「おまえが……その山の神だと……!?　それでもおまえはミノルを受け入れるっていうのか！」

「ああ」

「ふ、ふざけるな！　おまえは火をつけたやつを憎んでいないとでも言うのか！」

「憎んでいたとも。それは今でも変わらない。だが、ときが来ればそれも変わろう。それにミノルはもう山の者。山の神であるおれがこいつに害なす理由などない」

ジャルバはあくまでミノルの先祖が山の神を追いやったという事実を知っていただけで、今目の前にいる山の神が当事者とは思っていなかったのだろう。

冊子の中の山の神と目の前の山の神が同一人物であると知ったジャルバはひどく混乱しているようだった。当事者であるからこそ、火をつけた者を許すつもりでいるのが余計に理解できないようだ。

「認めない……おまえみたいなのが、山の神だなんて――」

「……ジャルバ？」

様子のおかしい彼に、初めてミノルから声をかける。振り返った山の神に咎められるような目線を向けられ慌てて口を噤んだ。

　ミノルたちのやり取りを見たジャルバは、ひどく落ち着いた声音で言った。

「おまえがここへ来たのは確か、百年ほど前だったと言ったな。そして訪れて以降、人さらいの原因だった影とかいうやつを払い続けていたと」

「すみません、おれが彼に話しました」

　久しぶりに再会したときに、山の神に断りもなく事情を説明したことを思い出したミノルは、小さな声で謝罪した。

「別に構わん。隠していることではないからな。それで、おまえはなにが言いたい」

「——十三年前。今のように食料が不足し、おれの両親が危険を承知でこの山に入った。そして帰ってくることはなかった……っ。おまえは、影を追い払っていたんじゃないのか!?」

「十三年前か。確かその頃に山犬の群れに襲われた男女を見かけたことがある。そいつらがおまえの両親かは知らんが、少なくともおれが来てから影なる者に悪さはさせていない。両親はあいつらではなく、自然にのまれたのだろう」

　淡々と物事を語る山の神の態度は、むしろジャルバの激情に油を注いだだけだった。

「見かけたのならなんで助けなかったんだよ！　おまえは人間を恨んでいたから、だから見捨てたんじゃないのかっ」

「助ける道理がどこにある。獣に襲われるのを覚悟で山に入ったのだろう。襲った者どもとて生きるためにしたこと。人間たちは山の者ではなかったし、無益な殺生でないのであればおれに止めることはできん」

　山の神が助けるとすれば力を分け与えた山の者のみだ。ミノルがここへ来たばかりの頃山犬に襲われかけたところを助けられたのは、山の者であるミギとヒダリがミノルの傍から離れなかったからである。小鳥たちの存在がなければ見離されていた。

「それは人間に限った話ではない。どの獣とて最低限の介入しかしないようにしている。だからおれも、おまえたちが張った罠を見逃してやっていただろうが」

人間への私怨はなく、中立な立場として山の神はこの山を見守ってきた。

ミノルでも理解できる話であるが、聡いはずのジャルバは、昂《たかぶ》った感情が理解を拒んでいるようだ。

「――おれは認めない、おまえなど認めるものか！　おまえが山神であることも、ミノルとともにいることもっ」

松明を持つ手が、怒りに震えている。

ミノルたちを睨み、呪いを吐き捨てるように叫ぶと、ジャルバは背を向け走り去ってしまった。

「ジャルバ！」

咄嗟に手を伸ばすが、それで彼が止まることはない。揺らぐ炎はすぐに木の陰に隠れて見えなくなる。

あれほど冷静さを欠いたジャルバを見たのは初めてだった。寡黙で、的確な判断を下せるような男だった。だからこそ村の皆からの信頼も厚く、次の長として期待をされていたのだ。

そんな彼が感情をむき出しにして、あんなにも苦しげな顔をするなんて。

（――追いかけなくちゃ）

ミノルが虚から降りて走り出そうとしたところ、山の神に制される。

「待て。この暗闇の中を追いかけるつもりか」

「……でも、ジャルバが心配で」

村に戻ったのであればいい。しかし、なにも考えずに夜の山を走っているのであれば危険だ。村の隣とはいえ不帰山は村人たちも不慣れな場所であるし、遭難する危険もある。ましてや夜に行動する肉食の獣だっているのだ、襲われてしまうかもしれない。

ミノルの不安はありありと顔に浮かんでいたのだろう。山の神は追いかけるな、とは言わなかった。

「あれは山に親を奪われていたか」

「――この山に入り、帰ってくることはなかったそうです。そのときジャルバはまだ幼くて、それからは長の手で育てられたと聞きます」

恐らくジャルバが山の神を嫌う理由はそこにあるのだろう。

山の神は山を守護する者であって、人間の味方ではない。たとえ襲われた現場を知っていようともなりゆきを見守るだけだ。

ジャルバとて本当は理解している。だが両親を奪われた幼い心は深く傷ついたままであるのだろう。

長は息子が死んだことで、孫に次の村長としての期待をかけていた。ジャルバは幼いうちから皆をまとめる者として厳しく育てられたのだ。当時のことを村人たちが悲しむ暇もなかったと言っていたのを聞いたことがあるが、実際のところは悲しむ暇を作らなかったのかもしれない。

彼は期待の重みにも負けず、皆の望むような男に育ったと思う。だが本当は、その心には両親のことをはじめとした、口に出せなかったたくさんの思いが積もり重なっていたのかもしれない。誰も知ろうとはしなかっただけで、自分のことに精一杯で気づいてやれずにいたのかもしれない。でもそれはミノルだって同じことだった。

ミノルは村のあぶれ者で、孤独だったけれども。いつも誰かに囲まれていたジャルバもまた、本当は孤独を抱えていたのかもしれない。

もし、似た孤独を抱える者としてミノルを求めたのだとしたら。話をしたいと願っているだけだったのなら。

あのときミノルの腕を摑んだジャルバの手は、ただ誰に縋りたかっただけなのだとしたら。

「……行かないと」

再び踏み出そうとしたミノルを、やはり山の神が引き留めた。

「まったく……おまえはここで大人しくしていろ。あの小僧はおれが連れ戻してやる」

「で、ですが――」

山の神が迎えにいったとして、素直にジャルバがついてくるだろうか。

やはりここは自分が行かなくてはならないのではとミノルが頭を悩ませたとき、突然山の神が振り返った。

その方向はジャルバが消えていった方向で、彼が戻ってきたのだろうかとミノルも同じほうへ目を向けるが、そこにはこちらに走ってくるウツクシの姿があった。彼女はあっという間にミノルたちのもとへ辿り着く。

『山神さま……！』

息を切らすウツクシはひどく取り乱していた。そもそも彼女が夜に姿を現したことはない。なにか非常事態が起きたということだけが先に伝わる。

「どうした、なにがあった」

『大変です、山が、山に火が！』

ミノルたちは互いにウツクシが来たほうの空を見上げる。そこは薄くではあるが赤く色づいていた。目を細めれば、上空に火花らしきものが輝くように光っていた。

『に、人間の男が火をっ！　土をかけ止めようとしたのですが、い、勢いがあって……っ』

あまりの動揺にウツクシは落ち着きなく右に左と身体を揺らす。

雨が降らない日が続き、山は今、木々も空気もなにもかもが乾燥している。そのせいで火の回りが早いのだ。空があれほど赤く染まっているということは、火は随分広がっているとみていいだろう。

「まさか、ジャルバが……！」

人間の男が火をつけた。それは間違いなく、おれたちのものから走り去ってしまったジャルバの仕業だろう。彼の姿が見えなくなってもなお揺らめいていた松明を思い出す。あれで山に火を移したのだ。

こんなときに、いつか見た赤い夢を思い出す。

あれはきっと山の神の記憶を垣間見《かいまみ》たものであり、守護していた山が燃えたときのことだったのだと今ならわかる。あのとき感じた恐怖が、絶望が、胸の奥からせり上がってくる。

ミノルは顔から血の気を引かせるが、山の神は冷静だった。

「ウツクシ。おまえは皆を神樹の周りに誘導しろ。カシコイやシズカにもそれを伝え、他の者と協力して獣らをここへ集めるのだ。だが、無理はするな。危険を少しでも感じたのであれば他など放って引き返せ」

『は、はい……承知いたしました』

「神樹の根が届く範囲で結界を張る。そこならば火は入ってこないことも伝えろ」

山の神に名を呼ばれただけで、それまでひどく狼狽えていたウツクシは我に返って落ち着きを取り戻す。

指示を聞き届けると、訪れたときよりもうんと無駄のない動きで木々の中へと飛び込んでいった。

ミノルも後に続こうとふらつく足取りで踏み出せば、振り返った山の神に、虚へと押された。

後ろにひっくり返るようにして中に転がされたミノルが体勢を直して山の神に目を向ければ、彼の蒼い瞳が淡く光を放っていた。思わず状況も忘れてそれに魅入ると、一度の瞬きで光は消えてしまった。

「今、結界をふたつ張った。ひとつは先程ウツクシに言ったもので、誰であろうと入ることができる。

そしてもうひとつは虚の出入り口。こちらはおまえか智を与えた獣どもしか入れなくしてある。おまえはここで待っていろ」

「お、おれもなにか手伝います！」

「なにもするな。いいか、虚から出るなよ。すぐに獣どもが集まってくる。気が立っている者もいるだろう。暴れる輩に巻き込まれて怪我をしては大事《おおごと》だ」

自分の身を案ずる言葉に、ミノルは口を噤むしかなかった。

こうして話している間にも遠くに見える炎の影は色を増し、山の神が張った見えない結界の中に二羽の兎《うさぎ》が飛び込んでくる。鳥が飛び立ち、あちこちから獣の鳴き声が聞こえてきた。

山の神は、ミノルに背を向ける。

「火を収めてくる。いいか、ここから動くなよ。すぐに終わらせる」

最後に念を押し、風のように走り出してしまった。


しかしそれは火が回る山裾とは正反対の、山頂の方向だ。なにか山の神にも思惑があるのだろうか。

山の神と入れ違いになりながら、今度は毛を逆立てた山猫がやってくる。それに続き、見覚えのある姿が入ってきた。

その姿を確認し、ミノルは虚から上半身だけを乗り出した。

「オオグイ！」

『ミノル！　大変だ、山に火が放たれたらしいぞ。すげぇ勢いで広まってやがるってハズカシが言ってんだ。山神さまはどちらだ!?』

慌てた様子の狸のオオグイに、智を授けられた獣たちに与えられた使命と、そして山の神が張った結界についても説明する。火を収めると言ってどこかへ行ってしまったことも伝えれば、彼は火の気のあるほうへ顔を向けた。

『よしわかった。おれも行ってくる。だからミノル、おまえはそこから出るなよ』

「オオグイ……」

山の神と同じ言葉を残し、オオグイも行ってしまった。その間にも次々に火に追われた獣たちが逃げ込んでくるが、ミノルはその姿をただ眺めるしかない。

草食動物や小柄な獣ばかりだった結界の中に、やがて山犬の群れが入り込んできた。そのうちの一匹は一度火に触れてしまったのか、腰の辺りの毛が焼け焦げている。怯えたように尻尾を丸め震え上がっていた。だが他の数匹は恐怖などないように、先に来て端で縮こまっていた小動物たちを追いかけ回す。そんな光景から目を逸らし、ミノルは一人安全な虚の中で拳を握る。

炎はどんどん勢いを増しているらしく、それを現すように空は色づく。神樹にはまだ届かないが、時間はそれほどかからなそうだった。

これからどうなるのだろうか。カシコイたちは無事なのか、友らの安否すらわからない。

ひどく落ち着かない気持ちで空を見つめていれば、不意に視界に小さなものが映る。一直線に逃げていく他の鳥とは違い、それは上空でくるくると旋回し、ときに地上のほうへ降りてまた上がってを繰り返していた。

よく目を凝らし見つめてみれば、動きのおかしなその小鳥の正体を直感が告げた。

「ミギ……？　っ、ミギ！」

確信を持って名を呼べば、くるりと身体がこちらへ向けられる。そのまま一直線に下降し、虚の中のミノルの胸に突っ込んできた。

『ミノル……！』

どうにか抱き留めれば、ミギは震えた声音を出した。

初めそれはただ炎に驚き怯えているのかと思った

が、片割れの存在が見えないと、彼が発した言葉にすべてを悟る。

『ひっ、ヒダリが、ヒダリがいないの……っ！　はぐれちゃって、みつからないの！　どうしよう、ヒダリがいない！』

「お、落ち着け、ミギ。いつはぐれたんだ？」

『ヒが、ばあって！　びっくりして、ヒダリもいっしょだったのに、でもどこにもいないの！　さ、さがしたけど、でもっ』

片時も離れたことのない存在がいないせいなのか、ミギの取り乱しようは凄まじかった。ミノルがどんなに落ち着くよう声をかけても首を振ったり飛び上がったり、腕の中で暴れたりするのを止めない。

何度でも、ヒダリがいないと悲痛に叫ぶのだ。

逃げてくる獣たちは数を増していた。巨大な神樹の根が届く範囲となると、結界が張ってある場所はかなり広い。ゆとりはあるのに、隅で震えている者がほとんどだった。

ヒダリももしかしたら、恐怖に動けず一羽で震えているのかもしれない。ミギを探して、混乱しているかもしれない。

腕に抱えていたミギをそろりと虚に置き、ミノルは虚から飛び降りた。

『ミノルっ』

「今ヒダリを連れてくるから、ミギはそこで待ってて！」

獣たちの脇を通り過ぎ、結界の外へと飛び出す。これまで感じなかった、山が焼けた匂いが鼻についた。神樹のほうまで煙が広がりつつある。

逃げ惑う獣たちとぶつからないようにしながら、流れを逆流し先に進む。

「ヒダリ！　どこにいるんだ!?」

声を張り上げるが小さな姿は見えない。

さらに先に進むと、やがて猛烈な勢いで広まる炎

とまみえた。

「――っ」

まるで緑をのみ込むように炎は次々に手を伸ばし、摑んだものすべてを自分の色に染めていく。炎に包まれた植物たちはぱちぱちと悲鳴を上げていた。

熱気に煽られ額からは汗が滲み出た。肌だけでなく、喉の奥まで熱気に焼かれそうだ。

煙が目に沁《し》み涙が零れ出す。すぐに袖を口元に当てたが、咳が止まらなくなる。それでも、炎が上げる唸り声に負けないように声を張り上げた。

「ヒダリ！　ヒダリ、どこだ！」

不意に炎の影から狐が飛び出す。

ミノルの真横を通り過ぎていき、それを追うように炎を纏った木が倒れてくる。

慌てて避ければ、ミノルが立っていた場所に轟音《ごうおん》を立ててそれは転がった。そこから火は草に移り、地を辿って別の木を赤がのみ込む。

次第にミノルの周りにも火が回り始めていた。

「ヒダリ……っ」

肌を撫でる風だけで、まるで焦げてしまいそうに熱く感じる。向かおうとした先に木が倒れ込み、仕方なく後退した。

咳をしながらまた小鳥の姿を探すが、返事はない。もしかしたら別の場所にいるのかもしれない。混乱の最中、ミギとは別の方向へ行ってしまった可能性がある。

だがもし、この炎の海の中にいるとするならば。

意を決し火の中に飛び込もうとしたとき、何者かに腕を摑まれた。捻り上げるような力で腕を引かれ、痛みを覚えながら振り返ると、そこに見えた顔にミノルは身体を強張らせる。

「ジャルバ……」

ミノルを引き留めたのはジャルバだった。腕はすぐに解放されるが、今度はミノルが彼の胸ぐらをつかみ引き寄せた。

「おまえ、なにをしたかわかってるのか!?」

「――」

「こんなっ……山を殺す気か!?」

「そうだ」

短い肯定の返事にミノルは言葉を失った。

「そんな……だって、このままじゃ村だって」

「村の心配をまだできるのか？　おまえを切り捨てたんだぞ。村のためとか言って、みんなでおまえを騙して。そんなやつらをよく許せるもんだ」

「それは……そうかもしれない。でももう違う。村は生き残るためにおれを生贄に選んだだけだから」

首を振ったミノルに対し、ジャルバは怪訝な表情を隠そうとはしない。その気持ちもわかるが、しかしこの言葉はミノルの本心だ。

「そう思えるのは山神さまのおかげだよ。今の結果になったから、それが幸せだから……だから村の考えを受け入れられるんだ。そうでなければ、おれだってみんなを許せないと恨みを抱えていたかもしれない」

「はっ、とんだお人好しだな」

ジャルバは鼻で笑うと、背を向け、燃え盛る森の奥に行こうとする。

慌ててミノルは腕を摑んで引き留めた。

「どこへ行くんだ！　そっちに行ったら戻ってこられなくなるぞっ」

「山に火をつけたおれの心配までするのか？　そこまでいくと反吐《へど》が出る聖人ぶりだな。どうせおれはもう許されない。なら、とことんやってやるよ、この山を壊してやる」

「そんな、なんで……っ！」

「入ることすら許されない山なんていらないだろう。ただ、害を成すだけの山なんて。ならばいっそのことなくすだけだ」

「なくす、だけ？　それで山に火を……？　村にだって、被害が及ぶかもしれないのに……？」

「どうでもいい。知ったことか」

無気力なその言葉に。ミノルは、握った拳でジャルバを殴りつけた。

自分の拳に感じる痛みもわからないまま、身体の芯から震え上がる。荒く息を吐きながら今度は両手で掴みかかった。

「ふざけるな。ふざけるなよ……！　そんな身勝手で壊していいわけないだろ！　みんなの住処を、大切な場所を奪うな！」

まだ山に来てから日は浅いが、楽しい思い出がここにはたくさんある。

ミギやヒダリ、カシコイをはじめとした獣たちと多くのことを話した。遊び、歩いて、ときには一緒に食事をして。穏やかに、緑に囲まれ過ごしてきた。

それがすべて火に塗りつぶされていく。真っ赤な炎がのみ込んでいく。この場所が好きなんだとか、この実をよく食べるんだとか。ここに住んでいるんだよと教えてくれた、そんな楽しげな彼らの姿が消えていく。

（山神さまは許そうとしてくれていたのに。約束、してくれたのに――！）

それなのに、また人間が裏切るのか。

ようやく塞がり始めた傷を抉るというのか。

理不尽に、誰もが大切に暮らすこの場所を奪うのか。

身の内にうねる感情が、ジャルバの胸ぐらを掴む拳を震わせる。初めて振るった暴力に、周りは汗が噴き出る程に暑いのに指先が痺れ、感覚を失い冷えていった。

唇を血が滲むほど強く嚙みしめれば、不意にジャルバの手が重なった。それはミノルと同じくひどく冷えた手だ。

握りつぶすよう力を込められ、その痛みに思わず顔を顰めた。

「――この山は、おれの親を奪った」

絞り出すような声に、一瞬力を緩めてしまう。その隙をつかれ、ジャルバは強引に手を引き剝がし、ミノルを突き飛ばした。

尻餅をついたミノルに馬乗りになったジャルバは、胸ぐらを摑み強引に引き寄せる。

「おれの大切なものを、先に奪ったのはこの山じゃないか……っ」

先程までどこにも感情がなかったのに。その顔は今、泣きたげに歪んでいた。

息苦しそうに、見えない傷を訴えていて、とてもつらそうで。

誰か愛して、と泣いていた過去の自分と、両親を返して、と叫ぶジャルバが重なる。

「ジャルバ……」

手を伸ばそうとしたところで、重なり合うミノルたちに向かって炎に包まれた木が倒れてくる。

二人揃《そろ》って動けずにただ身をかたくすると、横から飛び込んできた白いものが燃え盛る木に身体を当てて軌道を逸らした。

「――まったく。待っていろと言ったのに案の定出てきたな……おまえもミノルの上から退け」

木が脇に倒れ込むと同時に、ふっと身体が軽くなる。

起き上がり、傍に寄ってきた真白の狼に抱きついた。

「山神さま……っ」

「怪我はないか」

何度も頷き、ぎゅうぎゅうに抱きしめてから、そろりと腕の力を緩める。向かい合った山の神は、蒼い瞳を細め、べろりとミノルの右頰を舐めた。

炎の熱よりは低い、舌の生温かさを感じていると、ふと視線を感じて上を向く。

そのぴんと立った両耳の間には、探していたヒダリがちょこんと鎮座していた。

「ヒダリ！　無事だったのか……っ」

『ミノル！　やまがみさまがたすけてくれたの！』

掌を前に差し出すと、ヒダリはそこに飛び乗る。それを胸に寄せ今度は小鳥を抱きしめた。

くるしいよ、と言われて慌てて力を緩める。改めて小さな身体を確認し、怪我がないことを知りまた安堵する。そんなミノルの脇に立った山の神は、起き上がったジャルバと対峙した。

「山はもうおしまいだ。これだけ火の勢いがついてしまえばおまえに止めることなんてできないだろう。またどこへでも行くといい。根なし草の、放浪の神のほうがよほど似合っている」

「この山はおれの山だ。おれが守る」

「はっ、守れてないだろ」

わざとらしく顔を歪めるように嗤《わら》うジャルバに、けれども山の神は無感情な声音で応えた。

「それはかつてのこと。確かに守れなかった――だが、繰り返すような愚かしさはおれにはない」

山の神はそう言うと、すいと鼻先を空に向ける。それにつられてミノルも、ヒダリも、ジャルバさえも空を見上げる。

不意に、ぽたりと頬になにかが垂れた。

（……水？）

頬に手を這わせれば指先が濡れる。顔から離して炎に光る指先を見つめれば、左手で抱いていたヒダリが声を上げた。

『つめたっ』

ふるふると首を振れば、彼の頭に落ちたらしい雫が弾け飛ぶ。

（もしかして――）

ミノルがその可能性に気がついたとき、ぽつりぽつりと、次々にそれは降ってきた。

やがて雫は雨となり、ざあざあと音を立てて山に降り注ぐ。

「雨が……そんな、まさか」

雨足はどんどん強くなり、まともに目を開けていられない状況になった。全身がずぶ濡れになる前に、急いでヒダリを服の中に入れる。

降り出した雨は急速に炎の勢いを殺していき、そしてやがてはすべてを消し去ってしまった。

残ったのは暗闇と、そして黒く焼け焦げた残骸ばかりだった。炎が上げた煙すら掻き消される。

「なんで、今更雨が……なんで今なんだ！」

苛立ったジャルバは雨粒を払うよう腕を振った。

「おれが呼んだのだ」

「おまえに雨を降らす力はなかったんじゃなかったのか！」

答えた山の神にジャルバは咆哮するかのように声を張り上げる。だが、ミノルも同じように思っていた。

雨を降らす力はないと、山の神自身が言っていたのだ。自分にある力は影を祓うことだと。

なら、この雨はいったいなんだろう。今までどんなに求め願っても降らなかったというのに。山火事となった今だけ都合よく降るなどあり得るのか。

答えを持つ山の神へ目を向ければ、周りに求められるがまま口を開いた。

「それは——」

「契約、だからだよ」

不意に山の神の言葉を遮ったのは、初めて聞く男の声だった。

誰かいるのかと驚いて周囲を見渡すが、雨で視界が悪くなっている中で見えるのは、ミノルがよく知るジャルバと山の神だけだ。

ならさっきのは空耳だったのかと思ったところで、

突然ぴたりと雨が止んだ。

「雨が……」

手を出すも掌にはなにも打ち付けない。しかし少し離れた場所では雨は降り続いていた。音も消えていない。

ミノルたちの頭上だけ雨が止んだのだ。

そんなことあり得るのかと思い空を見上げれば、間近に見知らぬ男の顔があった。

「――っ!?」

にっこりと笑むそれに驚き、傍らの山の神へしがみつく。

『きゅっ』

ミノルの胸の中にいたヒダリが潰れてしまい、苦しげな声を上げた。

慌てて胸元から取り出してやっているうちに、見知らぬ男はミノルと山の神、ジャルバの間に立つ。

ヒダリに謝りながら、改めてその男に目を向けた。

空色の瞳と目が合うと、彼は笑みを浮かべひらひらと手を振ってくる。

「あ、あなた、は？」

親しげな様子ではあるが、ミノルにはまったく覚えのない顔だ。

「ああ、そうか。えっと、初めまして。わたしは水の神。みんなからは水神《すいじん》さまと呼ばれているよ。よろしくね」

「え……す、水神さま……!?」

うん、と軽く返事をしたその人にミノルもジャルバも目を丸くする。しかし当の本人は素知らぬ様子で、笑んだままだ。

村でも長身にあたるジャルバよりもさらに背の高い、けれども少し細身の男。顔だけ見れば普通の人間に相違なかった。特別美しいわけではなく、凡庸な顔立ちで親しみやすさが窺える柔和な雰囲気の人だ。

山の神のように獣の姿をしているわけでも、一部がそうであるわけでもない。まるで一枚の絹を纏ったような白い衣は確かに神聖な存在のようにも見えるが、あくまで見える、というだけだ。

唯一、その髪と瞳だけが彼が人ならざる者だと示していた。肩につきそうな髪は水の底のように深い青で、その瞳はまるで青空をそのまま映しているかのように鮮やかで澄み切った色をしている。

では、この男は本当に水の神だというのか。

「まあったく、いきなり呼びだされたと思ったら山が燃え盛っているんだもの、驚いたねえ」

「すまないな。だが助かった。おかげで火元はすべて消されただろう。これだけ雨に濡れれば乾くまで次の火がつけられることもあるまい」

山の神と対等に話す姿を見て、彼は本物なのだと知る。

ミノルを振り返った水の神は、朗らかな笑みを浮かべた。

「きみも危ない目に遭った？ でもよかったねえ、山神がわたしと契約していて。そのおかげで火は食い止められたんだから、ちゃあんと山神に感謝しなくちゃだめだよ？」

「けい、やく……？」

「ああ、なんだ話してないんだ？」

「言おうと思ったところにおまえが来たんだ」

「あちゃあ、邪魔しちゃったか。そりゃあごめんね」

水の神は軽い調子で謝る。それに山の神は不機嫌そうに一度尾を揺らしただけだった。

山の神しか神というものを知らなかったが、皆、威厳があるような、貫禄があるような、そんなどこか厳しさを感じさせる者たちだと思っていた。現に山の神も悪ふざけなどしないし、神らしく山の者たちを導いていたと思う。

しかし水の神はというと、正直に言ってしまえばあまり神らしくないように見えた。ミノルの顔を覗き込んでいたように、言葉の端々には彼の悪戯《いたずら》心のようなものが窺えるし、言葉遣いや雰囲気も山の神よりも親しみやすいと言える。

苛立った様子を露わにする山の神とにこやかに話す水の神を眺めていれば、不意に唸るような声音がそこに割り入った。

「契約ってのはなんのことだ」

雨に張りついた前髪を掻き上げ後ろに撫でつけたジャルバは、かたい表情のままそれぞれの神に問いかけた。

空と蒼の色の瞳が静かに彼に向けられる。

「ああ、あの子か……山神、わたしから話してもいいかな？　きみ、あの子に嫌われているだろ」

「――好きにしろ」

からからと笑いながらも核心を遠慮なくついた水の神に、山の神だけでなくジャルバも顔を顰めていた。しかしそれを気にする様子もなく水の神はジャルバと向かい合う。

「わたしは山神と契約していたんだよ。彼に求められたとき、わたしの力を使って雨を降らすってね」

「雨を、降らす……なら何故今まで、山が乾くまで雨を降らせなかった？　水神と契約をしていたのならいつでも雨を降らせただろうが！」

本来ただの人間では気軽に声をかけられるはずもない神を相手に、ジャルバは物怖《ものお》じもせず睨みつける。

もともとミノルの願いが雨を降らすことであったように、この辺り一帯の水分不足は深刻で、不帰山も山の神の力で保たれていたとはいえ、川の水嵩が低くなるなど影響を受けていた。

水の神の力を借りて雨を降らせることができたのであれば、何故そうしなかったのか。

答えを知りたくて水の神の言葉を待てば、それまでの穏やかな笑みがどこかひやりとさせるものに変わる。

「言っただろう、契約だと。この契約には代償がついていてね。雨を降らすってのは存外面倒なわけさ。だからその労力に見合うものを山神はわたしに差し出さなくちゃあならないんだよね」

「代償……」

「そう、代償。わたしと一緒に雨を降らしてくれる眷属《けんぞく》一体につき一滴、そしてわたしには杯に一杯、山神の血を分けてもらうのさ。彼の血はわたしにとってての万能薬のようなもので、眷属たちにしてみれば長寿の薬だね」

「血ぐらい、なんだっていうんだ」

「きみ、わたしの眷属がどれほどいるか知った上で言っている？」

あくまで微笑を崩さない水の神の言葉に、山の神が差し出す血の量は決して少なくはないのだということを悟ったミノルは、顔を青ざめさせた。

「うんうん、そこの子のほうが余程事の重要性がわかっているようだね」

「なんだと……っ」

「具体的な数を出しちゃうとそこの子が卒倒しちゃうかもしれないからはっきりは教えてやらないけれどね、百や二百なんてそんなささやかな数じゃあないんだよ。わたしたちが血をもらった山神は気を保つのもやっとの状態になるだろうね。死にはしないけど力の源であるそれを失いすぎれば回復するまで時間がかかる上に、行動はできないし、そうなれば山は無防備な状況になる。この山は影なる者が出やすいって言うじゃないか。色々と大変なことになるだろうね」

人間にはわからないだろうけれどね——そう笑みながらも、ミノルたち人間とは違う立場にいるのだと言葉が突き放す。しかし神と人が違うなど当然のことだ。

　それよりもミノルは山の神の身を案じていた。今もなお降り続く雨。そのためにどれほど山の神の犠牲があるというのだろうか。

　そっと手を伸ばし、前に立つ山の神の毛を握る。振り返った蒼い瞳と目を合わせていると、納得がいかないジャルバが水の神に噛みついた。

「結局はどうにかできるのなら、こちらが願ったときに雨を降らしてくれてもよかっただろうっ。村がどれほど困っていたか知らなかったわけではないだろうが！」

「きみの言う村とやらは、山神にとって己の身を削り、大事な山を危険に晒してまで守るべき場所なの？　この山でさえこんな火事にならない限りわたしの力を使わないっていうのにさ」

　純粋な、けれどジャルバにとっては残酷な疑問をぶつけられ、彼はついに口を噤んだ。

　俯くと、撫でつけられていた前髪が落ちて顔を隠してしまう。握られた拳だけが感情を表すかのように震えていた。

「――さて。山は潤ったかな。これ以上降らしたら崩れちゃうかもしれないけれどどうする？」

「もう十分だ」

　山の神の答えに頷いた水の神はすっと右手を持ち上げる。その手でぱちんと指を鳴らせば、これまで降り続いていた雨がぴたりと止んだ。

　周囲から雨の音が消え、代わりに枝や葉にくっついていた雫がぴちょんぴちょんと一滴ずつ下に落ちては、地にできた水溜まりに波紋を広げた。

「おーい、みんな、戻ってきていいよ。今日はおしまい。おつかれさま」

　水の神が両手を上げる。すると、水溜まりから半透明な、薄青い蛇が顔を出す。

　それらはあちこちから顔を出すと、吸い寄せられ

るように一様に水の神のもとへと向かい身体をくねらせた。

ミノルのすぐ傍らにもその蛇は通り、驚いて山の神に両手でしがみつく。

「気にするな。蛇の見た目をしているがこいつらは皆、水神の眷属だ」

「そうそう、嚙みつきもしない、ものわかりのいいとてもいい子たちだよ」

身体を這い上り腕に絡みついた一匹の蛇に微笑みかけながら、水の神はそれを自分の髪へと向ける。するとは蛇は水の神の髪に溶けるように消えていった。それに続くように身体によじ登った眷属たちが次々に青い髪に触れては姿を溶かしてゆく。

四方からおびただしい数が集まるのに、ミノルは途中から目で追うのを止めた。彼らの数だけ失われていく山の神の血を思えば気が遠くなるようだ。

百や二百だなんて、確かにこの眷属たちの数に比べればささやかと言われてしまうだろう。

やがて最後の一匹となり、水の神がしゃがみ手を差し伸べれば腕に絡みつく。それまでに続くようその蛇も髪に触れて消えていった。

すべての眷属が水の神に集まった頃には、肩ほどまでしかなかった水の神の髪は随分と伸び、踝《くるぶし》に届くほどになっていた。

艶やかに伸びたそれを一房摘《つま》み、指に絡めながら水の神は楽しげに笑む。

「あの子たちは普段、わたしの髪に宿っているんだ。だから彼らがここにいる間は伸びちゃうんだよね」

摘んだ髪を手放せば、さらりとそれは流れに戻る。その色も相まってか、水の神の髪はまるで川がそこにあるように見える。

人ならざる者の髪であるからか、微かに発光するそれに魅入っていると、横から舌打ちが聞こえた。

振り返ると、ジャルバが踵《きびす》を返して歩き出しているところだった。

「ま、待て、ジャルバ！」

遠ざかる姿を慌てて追おうすると、山の神が服の裾を咥えてしまい先へ進めなくなってしまう。

「おまえは動くな」

「でも、彼がしでかしたことの責任をとらせないとっ」

ミノルが自分の服を両手で摑んで引っ張るも、山の神の顎の力には敵わない。

もたついている間にジャルバは遠ざかっていってしまう。

まさかこのまま見逃すつもりなのかと危惧したところで、水の神が再びぱちんと指を鳴らした。

「なんだっ……!?」

ジャルバの足元にあった水溜りがなにもないのに波紋を広げると、そこから何本もの細い線がジャルバの身体に巻きついた。体勢を崩したジャルバは、受け身もとれないまま地面に倒れ込む。

先程見た水の神の眷属のように半透明でまるで水のような紐《ひも》は暴れるジャルバの腕を後ろで拘束し、動きを封じてしまった。

「くそっ、なんだよこれっ」

膂力《りょりょく》を十分に備えたジャルバは、水の拘束具を引きちぎろうとするが緩むことすらない。それどころかさらに拘束する力を強められて痛みに呻くことになる。

ジャルバに悠然と歩み寄った水の神は、傍らでしゃがみ込み、拘束され動けない彼を軽々と肩に担いでしまった。

「なっ……離せっ」

「ねえ、山神。この子が今回山に火をつけたんだろう？」

「ああ。逆恨みもいいところだな」

体格がよく健康的な男であるジャルバは決して軽

くはない。しかし水の神は抱える際によろけることも、ましてやその顔の余裕が崩れることもなく、ジャルバが抵抗に足をばたつかせても平然としていた。

何事もないように水の神は会話をして、やっぱりね、と笑った。

「ものは相談なんだけれどさ、この子をわたしに預けてくれないかな。代わりにわたしの分の血はいらないから」

「なっ」

水の神の言葉に驚いたジャルバは暴れるのを止め、信じられないものを見るように、自分を抱えた水の神を見た。

「それを持ち帰ってどうする。食うのか」

神が人間を食べるというのは、人間が肉や魚を食うのに近しい意味合いがある。以前ミノルはそれを山の神に願っていた。しかし、願いのために望まれ食われるのと、罪を犯した者が食われることは同じではない。

二人の人間だけが顔を強張らせると、そんなことなど知らないと水の神は笑いながら答えた。

「食べるんじゃあないよ。ただこの子、火を使って悪さしたんだろう？　なら火のない場所に閉じ込めてやったほうがいいんじゃあないかなって。そのほうが火のありがたみを知る機会にもなるだろうし、わたしもなんにもなくて退屈していたところだしさ」

「そいつはおれの山に火を放った。悪意を持ってな。ならばその身をもって罪を償ってもらわなければならない」

「ならさっさとおれを殺せ！　生きている限り、また何度でもおまえが大事にする山を殺してやる……！」

山の神の眼差しが鋭くなる。それに怯む様子もなく睨み返すジャルバに溜息をついたのは水の神だった。

「今わたしは山の神と交渉しているんだから、ちょっと黙っていてね」

「おまえなん、ッ」

荒げられた言葉は途切れる。腕を拘束する水の縄が分離し、ジャルバの口元に伸びて猿轡《さるぐつわ》になったからだ。

ミノルが殴った際に切った口内の血が混じったようで、半透明のそれに赤い色が薄く広がり消えていく。

ふーっと猫が威嚇するように怒るジャルバを余所《よそ》に、水の神は交渉を続ける。

「この子が犯した放火の罪もひっくるめてわたしが引き取ろう。山神が望むものを差し出すよ。ただし、用意できる範囲だけれどね。それならどう？」

「無関係の人間の肩代わりをするか」

「うん。そういうことになるね」

水の神は楽しそうに頷いた。

ジャルバがなにをしでかしたか知った上で、さらにその罪も含めて身柄を引き受けると言うなどと、誰が信じられるだろうか。脇で話を聞くミノルでさえそう思うのだから、引き合いに出されているジャルバ当人は不思議でならないだろう。ましてや水の神は、まるでちょっとした荷物を取引するような軽い口調だ。

山の神は水の神の真意をはかるように目を向ける。しばらくの間を置き、そして深く息を吐いた。

「――いいだろう。ならば今は貸しにしておいてやる。ものはいらん。その代わり、次になにかあったら無償で力を貸せよ」

「え、それでいいの？　うんうんわかったわかった。なに贈ろうか考えなくていいのなら楽だ。ならそういうことで、新たな契約成立だね？」

「ああ」

呆れ混じりの山の神に対し、水の神は上機嫌そうに身体を揺らした。しゃんと音を立てるように長い髪も同じく揺れる。

「――っ、っ！」

ジャルバが水の神を睨みながらなにか言いたげにするが、猿轡がそれを阻む。

「物好きなやつに拾われてよかったな。もしこのままおれに処罰されることになったら、死よりも惨いことをしてやったろうに。――ああだが、水の神が代わりをしてくれるかもしれないな」

「いやだなあ、わたしはそんな冷徹な神じゃあないよ。大丈夫、危害を加えるつもりは毛頭ないよ。そんなことするつもりだったら今拘束だけで済ますわけがないでしょう？」

すうっと目を細めた水の神は、背中側にある自由にしているジャルバの足へ視線を向けた。

水の神ほどの者であるから、手も足も使いものにならなくさせるなど造作もないことだ。抵抗を封じる手段はいくらでもあるが、しかし水の神はただ拘束をしただけだ。

ジャルバは何度も水の神の背を蹴り上げていた。しかし水の神はあえてそれを許していたし、蹴られていても何事もないように振る舞っていたのだ。

歴然とした力の差をようやく認めたジャルバは、諦めたように身体を弛緩《しかん》させた。

「まったく、山神も脅すんじゃあないよ」

「脅しなどではない。本当のことだ。それだけの覚悟あっての暴挙だったはずだ。おれがいる山と知った上で火を放ったのだ、ただ命を手放すだけで許されるわけがないだろう。――まあ、そいつの身はもうすでにおまえにやった。おれが口出しする権利はない。好きに扱え」

山の神の目が、押し黙ったジャルバに向けられる。

「そこのもの好きな水神とミノルの存在に感謝するんだな。どちらが欠けても今のおまえは無事を約束などされなかっただろう」

　ミノルの名が口にされた途端にジャルバは誰もいないほうへと顔を逸らした。

「まあまあ、ちゃあんとわたしが躾して謝らせにくるしさ。今回は山がすべて燃えてしまったわけでもないし、この顔に免じて彼を許してやってよ」

「簡単に言ってくれる」

「だってきみならできるだろう？　簡単ではないけれど、すぐじゃあなくたっていいんだからさ」

　複雑そうに目を閉じた山の神を笑いながら、水の神は歩き出した。

「じゃあ帰るとするよ。わたしのとこの子たちに血をもらうのは後日ってことにしておくね。今はそれどころじゃないだろうから」

「ああ」

　どこから帰ろうというのだろうか。ミノルが様子を見守っていると、水の神は近くにある大きな水溜まりへと向かう。

　両手を伸ばしたほどに広い水溜まりに足をつけると、浅いはずのそこにのみ込まれていくように中に入っていった。どうやらそこが、水の神の住処へと繋がっているらしい。

　神の力の片鱗《へんりん》を垣間見たミノルが目を丸くしていると、腰ほどまで水に浸《つ》かった水の神が不意に振り返る。

「きみも変わったね、山神」

「とっとと行け」

　わざとらしく身を竦ませた水の神は顔を前に戻し、再び身体を沈めていく。

　さらに胸まで浸かったところで、ミノルは咄嗟に声をかけた。

「ジャルバ！」

　水の神が身体ごと振り返り、ミノルは顔を逸らしたままのジャルバと向かい合った。

「――ジャルバ。ちゃんと、水神さまのもとで反省してくれ。二度とこんな真似をしないように」

「…………」

ジャルバは最後までなにも言わぬまま、ミノルのほうを見ることさえもなかった。

彼がなにを思うのか、知ることができない。わかるのは彼の胸にある怒りの炎が未だ燃え盛っているということだけだ。

こんなときに、ふと山の神が口にしたあの言葉を思い出す。

いずれ、ときが解決してくれよう――いつか、彼の心も整理がつくことを願う。

この世にはどうしようもないことがあって、ときに理不尽なように暴力的で、どんな大切なものでさえ唐突に奪われることがあるが、そんななかにも救いのある瞬間がある。それを逃さないよう、自ら拒絶しないよう受け入れてほしい。

そしていつか、ミノルと同じくいつも笑っていなかった彼が、優しく笑えるときが来ればいい。そんな日を見てみたい。

だから。

「また会おう、ジャルバ」

ジャルバがミノルをどう思っているかはわからない。だが彼は、一人でもミノルを受け入れようとしてくれた。山の神との因縁を知ってもなお、祟《たた》りも恐れずに。ならばきっと、いつか二人で落ち着いて話し合える日が来るのではないだろうか。

(いつになるかはわからないけど、おれは信じているよ)

最後に笑みを残した水の神と、そしてジャルバは、水溜まりの中へと消えていった。

二人がいなくなり、枝から落ちる水滴の音がやけに大きく感じた。

ミノルは山の神を振り返って頭を下げた。

「山神さま。今回は、ジャルバがしでかしたこと、申し訳ありませんでした」

「おまえが謝ることではないし、気にかける必要もない。あれの罪は水神が請け負ったのだからな。

――まさか、あれがしでかしたことに罪悪感を覚え、また山を下りるなどとは言うまいな」

「そ、そんなことはしません！」

　顔を上げたミノルは、慌てて首を振る。しかしこれまでの行いからか、疑うような山の神の眼差しが消えないので言葉を足した。

「確かに少しだけ、それは考えました。止められなかったおれにも非はあると……ですが、もうそんなことをするのは止めましたから」

　ジャルバとは関係ないと言われたのならそれまでだ。しかし彼と話をしたとき、そこまで追いつめられていることに気づけなかったし、また人間がしたことで山の神を苦しめた。自分がいれば二重の炎の記憶は褪せることがないのではと思ったのだ。

　しかしそれは間違いなのだと、今見ている山の神の様子ではっきりとわかる。

　それにミノルは誓ったのだ。

「山神さまと約束したから、そう考えることを止めました。おれはもうこの山から、山神さまのもとから離れはしません。だってここがおれのいたいと願う場所ですから」

「そうか」

　安堵したように息を吐いた山の神に、密かに心が弾む反面、周囲の黒くなった山に胸が痛む。それと同じように、水の神に攫《さら》われるようにこの土地を去ることになった彼を思い出す。

「山神さまは、ジャルバが憎いですか？」

　山の神は長い沈黙を置き、二人が消えた水溜まりを見つめて静かに答えた。

「そうだな。人間など二度と信用できない。見つけ次第嚙み殺してやる」

恐ろしい言葉だがミノルに恐怖はない。それは、山の神の目がとても優しかったから。その声が穏やかだったからだ。

ミノルは山の神の首に抱きついた。頭に頬がすり寄せられる。

「――以前のおれなら、そう思っていただろう。だがおまえがいたからそうはならなかった。今はまだ怒りしか抱けぬが、あれも哀れなやつだ。あれが変わる日が来れば、おれも許せるときがくるやもしれん」

山の神はわかったのだろう。いつかジャルバを許してほしいと願ってしまう、身勝手なミノルの想いを。そしてミノルごとジャルバを受け入れてくれようとしている。

お人好しと笑われたミノル以上に寛容な山の神に、心の中で深く感謝をした。

山の神を抱きしめたまま、ミノルは重ねていた身体をわずかに起こす。

「これから、村は困るでしょうね」

「己が継ぐべき、守るべきものがあると承知していてああしたのだから自業自得というところだろう。長たるべき者はなにも定められているわけではない。あれがいなくなったのであれば、また別の者がそれに宛がわれるだけのこと。そうして案外、平然と巡っていくものだ」

「……そうですね」

村の長は代々血で決めている。そのためジャルバがいなくなった今、事実上は血が途絶えたことになる。長ももう高齢で子を作ることなどできはしないし、山の神の言うように他の誰かが長に立つのだろう。

それがいいのかもしれないとミノルは思った。

血に刻まれた使命があったとしても、継ぐ者が必ずしもそれを望んでいるとは限らない。ミノルはそれでもいいと思った。しかしジャルバにはそれが負担となっていたのが事実だ。

ミノルとて、これまで過ごした孤独な人生でなく、仮に両親が生きていてともに旅を続けているような状況だったら。自由もなく、科せられた重責に潰されて、もしかしたらそれを背負わせた先祖と山の神を恨んでいたかもしれない。

人はそれぞれ自由に生きる権利がある。脈々と継がれていたものを受け入れるのも、それを突っぱねるのもまたその人の自由だ。誰かが決めつけることなどできはしない。しかしそれに気づけなければ、そうできるだけの強さがなければ、結局いつかは人の手によって作られた運命にのみ込まれてしまうのだろう。

ミノルはそれを山の神に教わり、足りない強さを補ってもらった。だから自分の意思でこの山にいることができるし、先祖が犯した罪を、その血を受け継いだ者として見守ることを選べたのだ。

だからジャルバもいつか気づいてほしい。自分で気づけないのなら、誰かに教わって。

「彼は……ずっと、水の神さまのもとにいることになるんでしょうか」

「あいつの考えはよくわからん。あんなやつを引き受け、どうするつもりなんだかな」

素っ気ない言葉ではあるが、だからこそ山の神と水の神との間にある信頼が見えた気がした。

「そういえば、いつから水神さまとは……」

言葉の途中、鼻がむず痒くなり半端に口を閉ざす。しかし間に合わず、山の神の目の前でくしゃみをしてしまった。

火が燃え盛っているときは焼けてしまうように熱かったが、火を止めてくれた雨で全身が濡れてしまっているために今は寒気すらしていた。

「神樹へ戻る。濡れたままでは風邪を引くぞ。皆への報告もあるしな」

『ミギにもあわなきゃ！』

鼻を啜りながら素直に頷けば、それまでミノルの服の中で大人しくしていたヒダリが顔を出した。

どうやら、ミノルに守られたおかげでさして濡れずに済んだらしく、いたって元気だ。

「そうだな。ミギ、ヒダリのこととても心配していたんだ。ちゃんとそのことをごめんねって言うんだよ」

少し落ち込んだ声で、うん、とヒダリは頷いた。

小鳥を服から取り出し、掌の上に座らせて、その小さな頭を指先で撫でる。

神樹へ向かうために立ち上がろうとしたところで、山の神は自分の背を示した。

「乗れ」

「えっ」

「おまえも疲れただろう。いいから、乗れ」

山の神の背に乗ることなどできるわけがない。首を振れば、目の前で不機嫌そうに尾が揺れる。

しばし視線で語り合い、結局ミノルが折れることになった。

何度も抱きついたことはあるが、乗ったのは初めてのことだ。安定感がなく、ミノル自身も平衡をとるのが苦手なせいかぐらぐらと揺れる。それでも落ちないでいられるのは山の神が気遣いながら歩いてくれているからなのだろう。落ちてしまうかも、という恐怖に毛を強く摑んでしまってもなにも言わないでいてくれる。

ミノルを一人背負っているのに、山の神はふらつくこともなく、確かな足取りで神樹へと向かっていった。


山は四分の一程が燃えてしまったと言う。山裾のほうだったからか幸いにもそこをねぐらとする動物は少なく、そのため生き物にはそれほど被害は出なかったようだ。それでも、犠牲になった者がいないわけではない。しかし幸いなことに、智を授かった獣は皆逃げられたようだ。

誰が亡くなったのかもわからない。それでもミノルは悲しいと思ったが、それ以上に皆が無事であったことに心から安堵していた。だからこそこうもあっさり山火事の終結を受け入れられたのだろうか。

住処が残っている者は帰らせて、居場所が焼けてしまった者や、まだ情緒不安定である者は神樹の周りに留まることを山の神自らが許した。未だ震え上がっている者もいるが、今はそっとしておいてやる他ない。

ミノルは虚の中で山の神と寄り添い合っていた。

濡れた服はすべて脱ぎ、代わりにイタズラがどこからか調達してきた毛布に包《くる》まるだけで、その下は全裸だ。それだけでは寒さを凌げないので、山の神の熱を分けてもらっている。

ミノルは眠ることなく、くしゃみで中断されてしまった山の神と水の神の出会いについて話を聞いていた。

「それでは、その湖で水神さまとお会いになり、契約を結ばれたのですね」

「ああ。ああいうやつだから、他の神どもに敬遠されているようだが、まあ悪いやつではない」

山の神が次なる住処を探し彷徨い歩いているときに、水の神が守護する湖に立ち寄り彼らは出会ったそうだ。そして山の神はしばらくの間そこに滞在したらしい。

もう二度と火に山は奪わせない。のみ込まれていく様をただ眺めていることなどしない——そのために水の力を操る水の神と契約を交わしておいたのだと、そう山の神は言った。

「山神さまが契約なさるほどのお方ですから、信頼できる神さまなんですね」

返事はなく、その代わりにふいと鼻先が逸らされる。単に照れているだけだということは否定がないことでわかっていた。

「水神さまとのお付き合いは長いのですか？」

「まだ百年と少し程度だ」

「……百年――……」

ぶっきらぼうに返ってきた言葉に、ミノルは目の前の身体に顔を埋め、まだ少しだけ雨に湿る毛を握り締める。

百年と少しという歳月を山の神はなんでもないように言ってのけたが、人間であるミノルからすれば寿命を越すであろう長い時間だ。

神の世界からしてみればほんの瞬きの間。今からまた百年先だって、山の神としてこの世界に在《あ》り続けているのだろう。しかしそこにミノルはいない。

どう足掻いても、どんなに努力しても、初めから神と人とが立つ場所は違うのだから。

「どうした」

きつく拳を握っていれば、すぐ傍に鼻先が寄せられた。

「不安があるのであれば言ってみろ。解決できないこともあるだろうが、気は楽になるぞ。もうおまえは一人で耐えなくていい」

力強い言葉だ。これまで向けてくれたような、見守る眼差しをしているのは見ていなくてもわかる。

そろりと顔を上げれば、やはり優しげな瞳がそこにはあった。

すべてを吐き出してもいいと、そのすべてを受け入れると。まるでそう語っているかのような眼差しに、胸にある思いを口にする。

「――おれはただの人間だから、いつか山神さまを残してこの世から去るでしょう。それが少し、寂しくて……そのときが来るのを恐ろしく思っただけです」

思いを告げても気が楽になることはなかった。むしろ自分自身に神と人との違いを言い聞かせてしまったようで、胸が詰まったように苦しくなる。

今触れる身体からも離れなければならない日が来るだろう。

まだ先の話ではあるし、ミノル以上に命との出会いと別れを繰り返してきた山の神にとって、ミノルとの別れもまたそのうちのひとつになるだけだが、それを少しは寂しく思ってくれるだろうか。

一度でも別れを惜しんでくれるのであれば、それでいい。それで十分だ。——そう思わなければいけないのに。

(——山神さまがご先祖さまを許してくださるまで見守って、この山がまた元通りになって、その先もともに暮らして、穏やかに日々を過ごして……そうできたら、どれほど幸せなんだろうか)

それにかかる歳月を思えば無理な話だ。山の神の心が癒えるまで傍にいることができないことも、本当は初めからわかっていた。

いつからこんなになってしまったのだろう。今だけで十分幸せなのに、何故、願いが叶ってもまた新しく願ってしまうのだろうか。

いつからこんなにも身勝手で欲深くなってしまったのだろうか。この先も不相応な願いを抱き続ける以上、苦しみは続くのだろうか。

今からこんなにも別れを寂しく思う自分を、山の神はどう思うだろう。気が早いと笑い飛ばしてくれるだろうか。

「ミノル」

名を呼ばれたが、埋めた白い毛並みから顔を上げることができない。

「ミノル、顔を上げてくれ」

「――……」

ずるい。顔を上げろと言われたならば、きっとミノルはそうはしなかった。それでも許されることを知っているからだ。しかし願われてしまえばそうせざるをえない。身体が勝手に従ってしまう。

涙が滲む、不安が溢れた情けない顔を上げれば、目尻に溜まった涙が雫になる前に舐めとられた。

両目を拭い終えて顔が離れ、蒼い瞳が真っ直ぐにミノルを見た。

「ミノル。おれの、つがいとなってはくれないか」

「つ、がい……？」

「ああ。人間でいう、夫婦のような間柄のことだ。おまえさえ、いいと思ってくれればの話だが」

好意的な感情を告げるとき、初めはいつも逸らされてしまう瞳がミノルを見つめたままだ。だからこそ、今のこの瞬間が夢なのではないかと思ってしまった。

「山神さまのつがいに、おれが？」

「ああ」

「――でも。人間で、おれは男、で……」

「人間であろうとも誓いを交わせば神の伴侶にはなれるし、そもそも神に性別などあってないようなものだ」

そんなことか、とでも言うように山の神は言い放つ。そしてもし山の神につがいができればどんなことが起こるのかをミノルに教えてくれた。

今の山の神につがいはいないが、もしその存在が誕生すれば神通力が強まるのだという。そうすればまず影なる者の出現が減る。さらに、山の神は実りの神ではないため周囲に及ぼす実りの恩恵は微々たるものではあるが、つがいができればそれもこの山だけでなく範囲が大きく広がるという。そこには村も含まれるだろうとも説明された。

「ただしおれのつがいとなったそのときから、おまえは人の、生物の理から外れることになる。人間ではなくなり、神と等しいとは言えぬまでも、限りなく近しい存在となるだろう。特別な力が与えられるわけではないが、少なくともおれが消えるそのときまで、おまえはともに生き続けることになる」

人間の寿命などはるかに超えてな、と言った山の神は、応えずにいるミノルからわずかに鼻先を逸らした。

「――やはり、嫌か」

「い、嫌なんかじゃ……！　そんなわけありません。でも、おれなんか――」

ミノルは人間であって、やはり山の神とは違うのだ。いくら人ならざる者になれるとしても、人間として生まれ育ったことが変わることはない。自分では山の神に相応しくない。

村では役立たずとして過ごしてきた。山の神に対してなにかできることがあるわけもなく、それどころかこれまで何度も迷惑をかけてきたし、これからもきっとなにか面倒を起こすことだろう。

「ミノル。おまえは何故そうも悲しいほど己を卑下する。自分がこれまでになにもできなかったと、まだそう思っているのか」

「だ、だって、本当におれはなにも……」

「もう忘れたのか」

どこか寂しげに、山の神はミノルの顔に頬をすり寄せた。

「おまえはおれの心を変えただろう。その愚かとも言える一途さで、この心に長年抱えていた仄暗《ほのぐら》い感情さえ溶かし始めてしまっただろう。神の心を変えたのだぞ、もっと己を誇ってやれ」

山の神は離れていき、視線の先にやってくる。その顔はゆらゆらと水の中のように揺れていて、舌を這わされれば少しだけはっきりする。それなのにまたすぐに滲んでしまって、ちゃんと見ていたいのに見えなくなる。

　掠れた声で呼べば、応えるように山の神の瞳が細められる。それがまるで微笑まれているようで。

「――はっきりと言おう。おれはおまえと過ごすうちに心惹《ひ》かれたのだ。初めは確かに疎ましかったが、今では愛《いと》おしいと思う。いっそ哀れなほどに自分を蔑《ないがし》ろにするおまえを、この先、大切にして守り続けたい。それがいつか、おまえが消えることで終わりを告げるなど考えられない。離れたくなどない」

　山の神の最後の言葉は、ミノルが抱いたものと同じだった。別れなど、終わりなど来るなと。離れていたくなどないと。

「好きだ、ミノル。おれのつがいになってほしい。おまえとこの先をともに生きていきたい」

　様々なものを見てきた蒼の瞳。たくさんの楽しいことや幸せなことを、その分苦しいことも悲しいことも、痛みも知る、多くを見守ってきたその力強く美しい瞳を、もう冷たいなどと思わない。それは山の神もミノルも、互いに変われたからだ。

　群れなくていい強さを持ちながら周りから慕われる優しさを持ち、けれども素直ではなくて、都合が悪いとすぐに顔を背けて。だが、鈍いミノルのために肝心なところはいつも言葉にしてくれる。知れば知るほど離れがたくて。よりたくさんの、山の神のことを見ていきたいと願ってしまって。

　ミノルが持つものは、山の神への敬愛の気持ちかと思っていた。だがそれだけではないようだ。もっと熱くて、もっと苦しくて、手を伸ばせば届く場所にいてほしいもので。隣にいたくて。

　つがいになってほしいと言ったその山の神の言葉が、とても嬉しくて。

　ミノルは溢れる涙を腕で拭い、鼻を啜りながらもしっかりと山の神の瞳を見返した。

「――おれで、本当にいいのですか」

「いいもなにも、そもそもおまえはおれの花婿として寄越されたのだろう？　ならばその役目、果たさせてやる」

おれが花嫁になるのは解せないが、と言う山の神に、ついにミノルの頬が緩んだ。

本当は、生贄というものの隠れ蓑だった役割。そんなおかしな関係から始まったのに、嘘だと初めから知っていたのに。それでも山の神は、改めてそこから始めようというのだ。

それがどうしようもなく嬉しくて。

「ミノル、答えを聞きたい。おれのつがいとなってくれるか」

「――はい」

頷いたミノルに、山の神の尻尾がぱたぱた振られた。

「おれも山神さまが好きです。だからずっとお傍にいさせてください。ずっと、一緒にいてください」

精一杯に腕を伸ばし、ミノルは山の神に抱きついた。

喜びのあまり溢れる涙をそのままにすれば、そのすべてが山の神の身体に落ちていく。そのことさえも何故だかとても嬉しい。

心が震え上がるほどの幸福に、全身が歓喜し熱くなる。落ちた雫の数だけ山の神を呼び、そして離れぬようにと首に回した腕に力を込める。同じ気持ちでいてくれるのだと、勢いよく振られている尻尾が教えてくれて、それがますますミノルの心を幸せで満たしていく。

「ミノル、おまえにおれの名をやろう」

「山神さまのお名前を？」

わずかに身体を起こして、山の神を見る。

「そうだ。魂結《たまむす》びの儀、つまりつがいとなる誓いの儀は、おまえがおれの名を呼び、そして口づけを交わすことで成立する。それでおれたちの魂が繋がれ、真の意味でのつがいとなるのだ。――覚悟はいいな」

「はい」

頷けば、耳にそっと山の神の口元が寄せられる。ミノルだけにしか聞こえない小さな声でその名は口にされた。

教えられたばかりの山の神の名をミノルが呟くよう口にすれば、目の前の蒼い瞳が淡く光り出す。

その美しさに見惚れていると、次第にそれは近づき、そして気づけば山の神と口を合わせていた。

獣の口周りにある毛がくすぐったい。

「舌を出せ」

素直に舌を出せば、山の神の舌と先が触れ合う。驚いて声を上げると、開いた唇の隙間から山の神の舌が入り込み、一度中を舐めてからすぐに出ていった。

それから、瞳の光は次第に消えていく。

その様子を見守っていると、不意に右手の甲がかっと熱くなった。

手を持ち上げそこを見てみると、これまでなかった、花を模したような不思議な蒼い文様が浮かび上がっていた。

「それはおれの証《あかし》であり、魂結びの儀が無事完了されたことを示すもの。これよりおまえはおれのつがいとなった」

「山神さまの、つがい……」

「ああそうだ。おまえはおれのものであり、おれはおまえのものだ」

じっと手の甲を見つめていると、顎から目尻を舐め上げられた。顔を上げれば今度は唇に舌が這う。

これまでなかったつがいとしての触れ合いだ。

「山神さまと、ずっと一緒にいられるんですね……」

「ああ。そういうことだ」

山の神のつがいになった実感などどこにもなかった。ミノルの中でなにが変わったわけでもなく、唯一の変化は手の甲の証のみ。しかし未だじんと痺れるように熱を残すそれこそが、なによりの証拠なのだ。本当に、互いの魂は繋がったということの。

証に頬擦りすると、突然山神が立ち上がった。

「ミノル、少し目を閉じていろ」

「え？　何故ですか？」

「いいから、早く」

指示に従いミノルが瞼を下ろすよりも先に、山の神の前足が顔にぽふっと乗せられた。

硬く、やや荒れた肉球を顔面に感じながら、退かすこともできず、そのまま目を閉じ待機する。

せめてなにが起きるか聞こうとしたところで、変化は訪れた。

「え……？」

「いいと言うまで開けるなよ」

なにが起こっているか目を開け確認しようとするが、それに気づいた山の神に咎められる。

その間にも変化は続き、肉球は柔らかく、平たくなっていく。触れている面も伸びていき、指も細く長く伸びていき、はっきりと山の神の熱が伝わってくる。

（もしかして……いや、でも、そんなわけ――）

思い浮かんだとある予感に心の中で首を振るが、しかしその考えがどうしても振り払えない。

「よし。もう目を開けていいぞ」

満足げな山の神の声とともに、顔を覆っていたものが離れていく。

そろりと目を開けたミノルは、目の前の山の神の姿に目を瞠《みは》った。

「山神、さま……？」

「ああ」

目の前にいる相手に恐る恐る声をかければ、聞き慣れた声が返ってくる。

しかしそこには狼の姿はなく、代わりにいたのは、真白の髪に蒼い瞳、その色合いだけが山の神と同じ人間だった。

「山神さま、なのですか？」

「そうだ」

もう一度訪ねたミノルに、山の神を名乗る男は苦笑する。微かに揺らした肩から長い白の髪が零れ落ち、毛先を揺らす。少し癖があるのか、無造作に伸ばされた先がやや跳ねていた。

すっと通った鼻筋に、切れ長の蒼い目を持つ整った顔立ちの人だ。瞳に宿る光が強く気圧されそうな威圧感があるが、薄い唇が先程の笑みをまだ少し残していて柔らかな表情を作っている。髪と同じく白いまつ毛は長く、髪も腰ほどまで伸びているが、しっかりとした身体つきのおかげか一切女性的には見えない。袖から覗く腕は無駄な筋肉などなくしなやかだ。

歳《とし》は二十代後半ほどに見えるが、雰囲気はもっとずっと落ち着いており、まるで悟りを開いた熟年者と対面しているようだった。

一枚の布をぐるぐると巻きつけたような不思議なその着こなしには見覚えがある。水の神の服装と似ているのだ。

「その反応も予想通りだな」

男は機嫌よさそうに喉の奥で笑い、彼の背後でふわりと白いものが揺れる。それは人間にはない大きな尻尾だった。そして男の頭にはぴんと立った肉厚の獣の耳がある。

虚の中心でどかりと胡坐《あぐら》を掻く男の顔をミノルは知らない。しかしその声に、美しい瞳に、真白の毛。そして、狼の耳と尻尾——伸ばされた大きな手が頭を撫でる。その手は知らないのに、心まで染まる温かさは確かに知っていて。

手を退かし、呆けたままのミノルの目を見て頷く男——山の神に、二度ほど瞬きし、もう一度顔を見て。

「――っえ、ええっ!? や、山神さま!?」

ようやく状況を理解したミノルは思わず叫んだ。

その声がうるさかったのか、途端に山の神の顔は歪み、音を遮断するようぺしゃりと耳が下げられる。

「あっ……す、すみません」

自らの口を塞ぎながらも、そろりと目だけを向ける。

いつもであれば他には目が細められるだけのそれにやはり山の神が人間となったことを実感した。

「あの……本当に山神さまなんですか……?」

「そうだと言っているだろう」

何度も繰り返される質問に、山の神はうんざりする様子も見せずに浅く頷く。

やはりその声は山の神そのものだ。獣の耳と尾を抜かせば、どこからどう見ても人間にしか見えない。

「そのお姿は、どうなさったんですか……?」

「ミノルとつがいになり魂を結んだことにより、姿を真似られるようになったのだ」

もしもつがった相手が鳥であれば鳥に似た姿に、草木であればそれらに、相手によるが、なんにでも姿を変えられるのだという。

「そんなことができるんですか……?」

「つがいとまぐわうためだ。同じ姿でなければやりにくかろう。それに、相手によってはままならないこともある」

「ま、まぐ……」

またも顔全体が熱くなっていく。それに表情のある人の顔を持つ山の神は小さく笑った。

「そうだ、ミノル。おまえと交わるための身体だ」

山の神は動けずにいるミノルに手を伸ばす。

互いに座ったままの体勢にもかかわらずひょいと持ち上げられると、膝を割られ、胡坐を掻いた山の神の上に向かい合わせに乗せられる。

摑まれた腰から掌の熱が広がっていく。そこだけではない。肌を重ねた部分からじわりじわりと山の神の体温に浸食されていく。

いつもならば毛を挟むから、伝わるのは少し遅い。しかもぼうっとした温もりに包まれていく感覚だ。しかし今感じる直接的なそれに、ミノルはただ戸惑うばかりだ。

膝の上に乗っているから、山の神よりほんのわずかに高くなる視線。今まで見たこともない姿であるはずなのに、その真白の髪と、蒼い瞳と。耳と、嬉しそうに揺れ動く尾と。それらのせいか、どこか見覚えがあるように錯覚させられる。

しかし、ここにいるのは恐ろしく美形な男で、彫刻が動いているかのような完璧さだ。狼の姿でさえ人間の目で見てもあれほど格好よいというのに、人の姿でこれは恐れ入る。

顔を背ければすぐに顎をとられて前に戻された。


「やはりこの姿は嫌か」

人間となったのに、表情を変えず山の神はそう言った。顔を覗き込まれ、思わずうっと唸ってしまう。顎の手が離れたのをいいことにミノルは返事もしないまま再び顔を背け、恐る恐る横目を向ける。

少し眉が寄った、怖い顔をする不機嫌そうな山の神がそこにいた。しかしぺしゃんと下がった獣の耳がその真の心情を教えてくれる。

「——あの、嫌じゃありません。とても素敵です」

「ならば何故、目を逸らす」

「それは、その……」

煮え切らない態度に再び顎を摑まれ、顔を向かい合わせにさせられた。だがしっかりと視線を絡ませる前に、咄嗟に両手で山の神の顔を突っぱねた。

「す、すみませんっ！　でもあの見慣れなくて！すみません！」

掌の下で凹凸のはっきりした顔の形を感じながら

も、退かせないまま繰り返し謝る。

「すみ、ません……でも、おれ……山神さまがそんな、格好よく、なるだなんて」

「おれが格好いいからまともに見られないのか？」

「う、ぅ……」

「つまりは気に入ってくれたということだな」

　唸るばかりのミノルは返事をしていないはずなのに、そろりと目を向けてみれば山の神の耳はぴんと立っていた。そして背後にある尾が嬉しそうにぱたぱたと揺れている。それが起こす風圧に、虚の底に敷いた木の葉が振り回されていた
　はたして本人はそれに気づいているのだろうか。機嫌よさげな山の神に、何故だかミノルのほうが気恥ずかしくなる。

　山の神は一度としてミノルから目を逸らさない。暗がりでも闇など関係ない山の神には、この真っ赤に染まった耳までしっかりと見えてしまっていることだろうと思うと、俯かせた顔を上げることができない。

「ミノル」

　そんな嬉しそうに名を呼ぶなんて、ずるい。

　顔を戻せば、微笑する山の神に胸がきゅうっとなった。

　誰もが振り返るほどの美形で凛々しい顔立ちをしている山の神が、何故だかとても可愛く見えてしまったのだ。

「……耳に、触れても、いいですか？」

「許す」

　山の神の頭を抱え込むようにして手を伸ばす。

　人間のものと違い毛もふさふさで厚みのある耳に触れてみれば、その触れ心地はまさに山の神のもので少し安心する。内側を親指で擦ればぱしりと異物を追い出すように手の中で動いた。

　耳の裏をそっと撫でてみると、一度は収まったは

ずの山の神の尾がまたゆらりと持ち上がった。

毛並みに沿って指先で撫でていると、不意に腰を支えていた山の神の手が動く。

片腕でミノルの首を引き寄せ、顔を伸ばした山の神は、首筋をべろりと舐めた。

獣姿のときよりは伸びなくなった短い舌。けれど、持つ熱は同じだ。

「っ」

耳から手を離したミノルは身体を起こそうとするが、それを見越していた手に阻まれる。

さらに引き寄せられて喉を舐め上げられ、最後は顎を甘く齧《かじ》られる。

「いいか」

なにが、とは聞き返さない。だが答えは伝える。

「――っ、ゆ、ゆるし、ます」

山の神に対して、つがいだからこそ戯れに許される言葉でミノルが頷けば、上機嫌な山の神はくっと低く笑って、周囲に声が漏れないよう防音の結界を張った。


背後から抱え込まれるようにしてミノルは山の神の上に座る。すでに一枚きりの布は剝がされて、山の神が纏う布と素肌が擦れた。相手は着込んでいることに羞恥が増す。

身体の前に回された山の神の指はそれぞれが胸の粒で戯れていた。これまで注目もしたことがない身体の一部を摘んだり、ころころ回されたりすることを初めはただくすぐったくて笑っていたが、しつこくいじられているうちに痒みとは違うものが胸の奥からむずむずとやってくる。

「もう、そこは……」

「今日はおれの好きにさせてくれるのだろう。ならばもう少し耐えろ」

そう言われてしまえばもうなにも言えず、ミノルはぐっと押し黙るより他なかった。

せっかくこの姿になれたのだ、獣ではできぬことをやらせてくれ——そう山の神は初めのうちに言い、まずミノルは包まっていた布を剝がされ、山の神の希望通りに背後から抱え込まれるような今の体勢になった。それらが獣の姿ではできないからというのは理解しているが、しかし何故、執拗に胸をいじるのか。その意味だけがわからない。

平らで骨ばった貧相な身体があるだけで、女のような柔らかさはない。しかし山の神は楽しそうにしている。

指の腹で遊んでいたところに、かりっと軽く爪が立てられる。ささやかではあるが唐突な痛みに肩が跳ねた。

「痛かったか？」

「い、いいえ」

小さく首を振れば今度はきゅっと摘まれる。指の腹で優しく挟まれたので痛みはないが、胸の先がじんと痺れた。

「人間になりたいと思ったことはなかったが、この器用な指先はいいな。今日はこの手で存分に可愛がってやる。おまえはなにもせず、せいぜい快楽に身を委ねていろ」

耳元で囁かれ、耳たぶを甘嚙みされる。慣れない感覚にまたもびくりと身体が震え上がったが、山の神は気にする様子もなく耳裏を舐め、そして穴のほうにまで舌先を潜り込ませる。

肌にかかる熱い息に、直接響く水音に、堪らず顔を逃がそうとすれば咎めるように手のかかる場所に軽く爪が立てられた。

「っ、は……ぁ」

耐えきれず手をかけ腕を引き剝がそうともするが、ミノルより太い腕はびくともしない。

「本当に嫌だと思ったのならばちゃんと言え。だがそうでないなら抵抗するな」

「嫌では、ないですが……なんか、変な感じが……っ」

　ミノルが熱くなった吐息を吐き出せば、背後でくすりと山の神が笑う。

「まあ、その変な感じというものを自覚できるまでに責めてやりたいが、今はここまでにしておいてやろう。おれもそう我慢はできん」

「我慢……？」

「言ったろう、これはおまえとまぐわうための身体だと」

　身体を持ち上げられ、より山の神に密着させられる。そして腰にすでに芯を持った山の神のものが布越しに押しつけられた。

「おれとて欲はある。今度こそおまえを抱くぞ。救助のためなどではなくな」

　少し赤くなってしまった胸の尖りからようやく手が離される。しかし安心などできるわけもなく、むしろミノルの心臓は鼓動を速めた。

　ごくりと生唾を飲み込めば、それが伝わったのか、山の神の指先が喉をなぞる。

　肌に優しく触れられただけでもぞくりと腰の辺りが痺れた。

　振り返れば至近距離に山の神の顔があった。弾かれたように前に向き直れば、山の神の苦笑で鼻から漏れた息が首筋を撫でる。

「早く慣れてくれ。おまえの顔を見たい」

「すみません。努力は、します」

　湯気が出そうな頬を両手で押さえたミノルの肩に、山の神の顎が乗る。肩越しに身体を覗き込んでいるようだった。

　一糸纏わぬ姿であり、もちろん下半身もさらけ出している。山の神の視界に映っている自分のものに気がついたミノルは、慌てて頬から手を離し今度はそこを隠した。

「見えないだろう」

山の神の不満げな声にミノルは首を振る。

「見る必要はないですっ」

「必要はある。今から愛《め》でてやるのだから」

あっさりと手を払いのけられ、隠していたはずのものをやんわりと左手に包まれた。すでに興奮しており、ゆるりと立ち上がっていたそこに直接刺激を受ければ、時間をかける間もなく覆う手を押し返すほどに成長する。

たまらなく恥ずかしかった。だが止めてくれと言ったところで頷いてくれないことはわかっている。だからこそ強く目を瞑り与えられる快楽に耐えようとした。

「っ、ん……」

「声を出せ。結界を張ってあるからおれ以外に聞かれることはない」

甘く囁かれるが、そんなことできないと内心で叫びながら唇を引き結ぶ。山の神はそれが面白くなかったのだろう。

立てたミノルの右膝にかけていた右手を持ち上げ、ミノルの口元まで運び、指先で閉じた唇の間を突いた。

くすぐるような弱い力で下唇をなぞられる。それでも頑なに閉ざしたままでいれば、ミノルのものに重ねられた左手の力が強められた。

「ぅあ……んっ」

わずかではあるが与えられた痛み。繊細な場所であるが故に咄嗟に声が飛び出せば、開いた口から二本の指が押し入ってきた。

節くれだつ無骨な指はミノルの口でゆすぐよう、唾液を纏っていく。

「やま、かみ、ひゃま……っ」

入り込んだ指を噛まないように抗議をするが、聞いてはもらえず、止まっていた左手が再び動き出す。ただ上下に扱われただけで肌がかっと熱くなる。

上顎を指の腹でくすぐられ、歯の内側をひとつひとつなぞられて、舌を掻き混ぜられる。

閉じることのできない口の端からは涎が垂れて顎を伝い、さらには胸のほうまで流れていった。赤くなるまでいじられた乳首まで濡らしてしまう。

口内は優しく、下は、少し強く。舌を挟まれ、形をなぞられ。溢れるもので音を立たせ、今度は右耳を食《は》まれる。

「ん、んぅ……ぅ、んんっ」

身体を丸めて前屈みになれば、うなじをねっとりと舐め上げられる。

自分で処理するのとはまったく違う。握る力も、覆う手の大きさも、肌の熱も。いつもは恐る恐る、ゆっくりと上り詰める身体が、一気に追い立てられる。

いつしか涙が滲んだ目尻を、後ろから伸びた山の神の舌が掬いとっていく。

「はっ……ぁ、あ、ぅあっ」

左手の親指が先端の小さな穴を抉り、口中の二本の指が舌を上から押さえつける。

容赦なく与え続けられた快感に、もう我慢は限界だった。

山の神に押しつけるようにミノルは背を反らし、喉をさらけ出しながら大きな手の中に精を放ってしまった。

「はっ、はぁ……ん」

口の中のものがずるりと抜けていく。唾液が指先と繋がり、やがてふつりと切れた。

頭が霞がかったようにうまく動かない。身体が熱く、出したのにまだ冷めそうになかった。

「大丈夫か」

「ぁ……は、い」

口の中が麻痺《まひ》したように舌が動かない。

かろうじてミノルが返事をすれば、頭の後ろに山の神の白頭がすり寄せられる。

「虚の中がおまえの匂いに満ちている。とても濃い」

それは、耐えていたものを放ったせいなのか。

なにも言えずミノルが俯くと、山の神が身じろいだ。それに合わせてミノルの身体もずり下がっていく。

ミノルは座り直そうとしたが、やや腰をつき出すような半端な体勢で止められる。そのせいで多少息苦しい。

山の神はミノルのものに再び左手を重ねて、纏った白濁を塗り込めるよう、掌を押しつけながら揉《も》み込む。

「ぁ、あ」

先程放ったばかりだというのに、刺激されてまたミノルのものは首をもたげ始めた。

音を立てて揉んでいた山の神の手が肌をなぞりながら次第に下りていく。擦られる感覚にミノルが悶《もだ》えていれば、ぎゅっと窄まった奥を指先でつつかれた。

「っあ……」

朧《おぼろ》げだった意識がようやく戻ってくる。無意識に肩に力が入り、ただ添えていただけに過ぎなかった手もはっきりと山の神の腕を突っぱねた。

「大丈夫だ」

耳に口元が寄せられ、たった一言。それだけだ。それだけで感じた安心にミノルの強張った身体は力を抜き、背後の山の神にくたりとすべてを預けきった。

「あのときのこと、覚えているな。おまえの呼吸に合わせていくぞ」

「は、い……っ」

言われた通りに深呼吸をするよう大きく呼吸をすれば、浅く指が挿入され、徐々に奥へと埋め込まれていく。

「ぅ――」

ずるずると中に異物が入る感覚は、以前自分の指を入れたときほどの痛みはない。あのときと状況が違って身体が恐怖していないからだろう。だがやはり拭いきれない違和感がある。

指が一本根元まで入れば、そのまま抜き差しされる。ミノルの息遣いに合わせて二本目が足された。

ミノルの指は細いわけではなく骨ばっているが、それだけだ。明らかに一回りは大きい山の神の手は、ミノルよりも指が長く骨も太い。ミノルでは届かなかった場所まで入り込んでくる。

多少の痛みがあるものの、やはり以前とはまるで違う。身体が山の神を受け入れようとしていることがよくわかった。

前回との違いは解してくれている相手にも伝わっているのだろう。

「これならば今日は舐めずともよさそうだな」

「はぁ、んっ……それなら、よかったです」

「いや――それともどろどろになるまでここを舐めてやろうか。指も舌も使えば以前よりも気持ちよくしてやれるだろう……そうするか」

「えっ……？　あ、ちょ、山神さまっ!?」

突然限界まで入っていた二本の指が勢いよく引き抜かれ、それ以上の言葉は封じられた。

脇に差し入れられた手でひょいと身体を持ち上げられ、ミノルは仰向けに転がされてしまう。

顔の脇に両手をつかれ、山の神が覆い被さった。

「あ、あのっ」

「ほら、持っていろ」

ミノルがかけた言葉は無視され、胸にふわりと山の神の尾が置かれた。反射的にそれを抱きしめれば、目の前にいた山の神の顔が下がっていく。

先程の言葉を思い出したミノルが止めようと身体を起こしかけたところで、膝を掬われ、下半身をぐいっと持ち上げられた。

つま先が弧を描き、背も半分ほどが浮き上って腹が曲る。その苦しみに呻きそうになるが、それよりも、それまで指を銜《くわ》え込んでいたところに山の神の目が向けられて一気に頬が熱くなる。

「み、見ないでくだ、わぷっ」

隠そうと手を伸ばしたミノルよりも早く、手放しかけた尾が顔を叩いた。

尾にもたついているのをいいことに、山の神はそっと顔を下げた。

「っあ」

ミノルがようやく尻尾を顔から引きはがした頃には、山の神の唇が後ろに触れていた。

絶句したミノルの様子に目を向けた山の神は、唇をそこに押しつけたまま、またも不敵に笑った。

「いい加減おまえも今のおれに慣れただろう。そろそろ顔を見たい。おまえの感じる顔をな」

真っ赤に染まった耳やうなじでもいいが、やはりな、と。

熱を孕《はら》んだ眼差しを向けられ、ミノルは言葉を詰まらせる。

まだ慣れたつもりもなければ、見慣れているはずのその蒼い目にすら鼓動が速まる。全身が熱くなり、今見つめ合うその眼差しだけで再び反応してしまいそうだった。

——そう、色気だ。男くさい色気が漂っているのだ。

村には人間の姿をする山の神よりも筋肉隆々で、髭《ひげ》を蓄え体毛が濃い男もいた。それなのにその人と比べても妙に男らしく、視線がやけに艶っぽいのだ。整った顔立ちだからなのか、熱を帯びたその瞳で見つめられると、出しかけた言葉も喉の奥に引っ込む。

（このままじゃ、心臓がおかしくなりそう……）

胸中でのミノルの泣き言など知りようもない山の神は、厚い舌をちろりと伸ばす。

「だ、だめです、舐めちゃ……っ」

「前にしてやったときは悦《よろこ》んでいたじゃないか」

「そ、それは――」

返す言葉もなく口を閉ざせば、穴に唾液が注がれる。柔らかな舌が窄まった口を押し分け中に入ってきた。

皺をひとつひとつ伸ばすよう、丁寧にそこを舐められる。

山の神は持ち上がったミノルの身体を腕で器用に支えながら、両手からそれぞれ一本ずつ指を後孔に突き立て、左右に襞《ひだ》を割って道を作る。そこを通る舌はさらに深くへと伸びていった。

「は、ぁっ……んッ」

ただ出し入れされるだけで声が出る。耐えようと唇を引き結んでも、強く尾を抱きしめても、視覚だけでも減らそうと目を閉じても、感覚を拾ってしまう身体をどうしようもできない。

片手でしっかり身体を支え直され、右手の二本の指が舌では届かない奥へ入れられる。

濡れた音がくちゅくちゅ響き、聴覚まで捕らわれてしまう。

どれほど舌と指で解されただろう。ようやく舌先が離れた頃には、意識が遠くなりつつあった。

はくはくと息をつくミノルの姿を見た山の神は、まだ入れたままの指で穴を広げるように動かしながら笑う。

「それほどによかったか」

「ぁ――」

頷くことも否定することも――いや、確かに、よかった。しかし返事をすることもできないまま、薄らと開けた瞳だけを向ける。

視線が山の神を捕らえるよりも先に、その顔の前にある自分のものが目に映った。

もう触れられてなどいないはずなのに、再び膨らんだそこはいつの間にか先走りを溢れさせ、自分の腹へとしたたらせていた。その浅ましさが途方もなく恥ずかしく、ミノルは顔を逸らしたが、再び自身を摑まれて山の神に視線を戻す。

軽くしごかれ、つま先に思わずきゅっと力が入った。

直接与えられる刺激に、もともと高められていた身体はすぐに限界を迎えた。

「やまがみ、さま……ッまた、またでちゃ……っ！」

ミノルは首を振って止めてもらうよう訴えるが、山の神はちらりと視線だけ寄越すと、先走りに濡れるそれを口の中に収めてしまった。

「っえ、あ、あっ」

包まれる温もりに戸惑いの声を上げるも、それはすぐに嬌声《きょうせい》へと蕩けさせられる。

口で愛撫《あいぶ》される間にも動いていた指先が内壁のとある一点を抉り、大げさなほどに身体が跳ねた。

「っあ、あ、や……ッ!?」

これまで握り締めていた尾を手放し、山の神の頭に手を伸ばす。狼の毛並みのように触り心地のいい髪に指を通して押し返した。

山の神は抵抗に応えず、より深く、根本までミノルのものをのみ込み、そして再び身体の中のあの場所を指の腹で撫でる。そのたびに腰が跳ね、滲むに留まっていたはずの涙がぽろりとこめかみに伝った。

「やっ……もう、でちゃう……っはなして！」

声を抑えることも忘れてミノルは頭を振り乱す。強く吸われ、ついに二度目の精を山の神の口の中に放ってしまった。

視界すら霞む強い快感の中、口を窄めながら中から引き抜かれる。形をなぞるよう唇で撫でられ、達したばかりの身体はまた痺れるように震え上がった。

それまで無理な体勢を続けていた腰がそっと下ろされる。

一度は手放した尾を再び抱きしめ、ミノルは顔を隠したままに山の神へ詫びた。

「も、申し訳、ありません。山神さまの口に、出すなんて」

返事はなかった。だが労わるように腰を撫でられ、怒ってはいないことが伝わり少しだけ気持ちが落ち着く。

しかしふと気がつき、尻尾越しにそろりと山の神を見た。

「——あの、山神さま。その、おれが出したものは、吐き出されて……？」

ミノルと視線を合わせた山の神は、にやりとわかりやすく口の端を持ち上げる。


（まさか……）

山の神はまるで見せつけるよう、ミノルを見つめながら嚥下《えんげ》した。

口の端についていたものにも舌を這わせる。すっかり力を失くしたミノルのものの先端に残っていた白濁を指先で掬いとった山の神は、それまで舐めとってみせた。

「うまくはないな」

色を失っていたミノルの顔は、大噴火を起こしたように真っ赤になった。

（精液が、うまいわけないっ！）

あたりまえだ、と告げようにも言葉は紡げず、あまりの衝撃に、陸に上げられた魚のようにぱくぱくと口を開閉するばかりで声など出ない。だが内心でははっきりと叫んでいた。

ミノルが言いたいことも、この胸中さえも知っているのであろう山の神は目を細めた。

「だが、おまえのものだと思うとひどく興奮する」

「――っ」

「何度でも放てばいい。そして、おまえの匂いをおれにつけろ」

ミノルは動揺のあまりに雰囲気など台無しになっているというのに、あの熱を孕んだ瞳は一向に冷めやらない。

遊ばれ腫れた胸がじくりと焦れて、舌と指で丁寧に拡げられた場所にきゅっと力が入る。

羞恥が極まり感じていた怒りもするりと飛んでいき、その瞳に再び魅入らされた。

生唾を飲み込めば、その様子を見た山の神が小さく笑む。

腕の中にいた尾がするりと逃げていく。追いかけようとしたミノルの手は山の神に摑まれて、両の手首を頭上でまとめて押さえつけられた。

覆い被さった山の神の真白の髪が素肌を撫でる。くすぐったいはずなのに、それだけのはずなのに肌が熱を持っていく。

左手は汗に張りついたミノルの前髪を後ろに撫でつけ、輪郭を辿り、そして顎に手をかけた。

「ミノル」

目を瞑れば、そっと唇が重なった。

ゆっくりと離れ、少し角度を変えてまた触れ合って。

魂を結ぶ儀式のときとは違い、毛のくすぐったさはなく、同じ人としての滑らかな唇がそこにあり、今更ながら不思議な気がした。

「ん……」

小鳥が果実をついばむように何度も触れ合ううちに、小さく開いた隙間から舌がねじ込まれた。やや強引だったが、ミノルは求められるままに受け入れる。

「鼻で息を吸え」

「ん、ぅ……っ」

吐息が混じったような掠れた声で言われるが、指示通りできるわけもなく、合間に浅い口呼吸を繰り返す。

口の中が擦れて気持ちいい。もっと舐めてほしい。山の神の首に解放された左腕を回し、ねだるよう口をさらに押しつける。

「んう……はぁ、ん」

ミノルは自ら舌を伸ばして山の神の唾液を啜った。手首を押さえていた山の神の右手と掌を重ね、指を絡ませ合う。左手は下がっていき、後孔につぷりと入った。

「っあ」

思わず口を離すも、すぐに追いかけてきた山の神にまた声ごとのまれる。

中に入る舌と三本の指に翻弄されるのは、ただ気持ち良くて、性懲りもなくまた下半身は反応を見せてしまう。それをミノル自身気づかないうちに腰は上がり山の神に押しつけていた。

やがて指が引き抜かれた頃に顔も離れていく。咄嗟に首に回した腕に力を込め引き留めると、山の神は苦笑する。普段のミノルならしない行動であるからだ。

山の神が絡めていた右手を解いてしまう。離れていく右手を名残惜しく見送れば、その視線に気がついた山の神がミノルの目尻に唇を落とした。それが嬉しくて、だからミノルも右腕を持ち上げ、しっかり両腕で山の神を抱きしめる。

腰を持ち上げられ、じっくりと解されたそこへ熱くかたいものが押し当てられた。

「――いいか？」

ミノルは頬を緩ませて、背を浮かせて山の神に口づけた。

言葉がなくても、それが答えだ。追いかけ唇を重ねられ、ミノルも山の神の返事を受け取る。

「息を詰めるなよ。つらければ背中に爪を立ててもいい」

ミノルが真剣に頷けば、山の神は小さく笑み、そしてそっと腰を押し進めた。

「っ、う――」

十分に解されたとはいえ、受け入れることに到底慣れていないそこは狭い。指とは比べ物にならない息も詰まるような質量に思わず爪を立てたい衝動に駆られるも、懸命に耐えた。

痛みはあった。だが、以前のように目の前が真っ赤に染まるようでも、気を失うほどでもない。耐えられる痛みだ。よく慣らしてもらえたおかげだろう。

しかし、山の神に心配をかけまいと声を押し殺すも止めきれず、無意識に眉間に皺が寄る。

「すまない、もう少し我慢してくれ」

「だい、じょうぶ、です……ですから、もっとっ」

気遣いから止められた腰の動きに、首を振って自ら身体を押しつける。しかし実際は大して動くことなどできず、ただ身じろいだだけのようだった。

それでも山の神は、ミノルの願うことを察してくれたのだろう。

萎えていたものを握られて、意識はそこに持っていかれる。快感に引きずられるように、山の神の口の中や、柔らかな舌や指が与えてきたものを思い出し、腹の奥がぎゅっとなった。

思わず入った力だったが、かえってそれがよかったらしい。

「よし、その調子だ」

「あ……っ」

襞を押し上げながら、時間をかけ、山の神のものがすべて身体の中に収まった。

しばらくは互いに身体を密着させたまま動かず、山の神は戯れのように髪や頬や唇に触れてきた。それがじれったくて、ミノルは山の神の髪を軽く引いた。

「――山神、さま。動いてください」

「まだ待て。身体にこれが少しでも馴染《なじ》むまでな」

苦笑し、上っ面の余裕を見せつける。だが肌に滲む汗は、銜え込んだ熱は奥に隠されたものを教えてくれていた。

それに気がつくだけで胸が満たされる。嬉しくて、愛しさが溢れ出す。

背を浮かして山の神に口づけた。互いの顔も朧《おぼろ》げになるほど近くで見つめながら、余裕の振りなどできないミノル自身の熱をぶつける。

「お願いです。もっと、山神さまをもっと、感じさせて……っ」

自分のものより太い腰に足を絡め、隙間なく抱き合った身体をさらに押しつけ、ゆるゆると繋がりを持つ腰を振った。途端に駆け抜ける見知らぬ感覚に足が解けそうになるもどうにかしがみつく。

自覚があるほどに拙い動き。けれど山の神は息をのむ。

「――くそっ、煽ったのは、おまえだからな」

耳元で舌打ちをされ、勝手がわからないながらに振っていた腰を大きな両手に捕まれる。そのときようやくミノルは後悔に近い直感を覚えたが、もはや山の神が止まることはできないことも理解していた。

「ひっ、あ、あっ……！」

ただでさえ凶悪だったものがまだ膨らみ激しく中を抉られる。

突然の衝撃に息が詰まるも、ついに箍《たが》が外れた山の神は何度もそれを奥へと突き立てた。

「ああっ……っぅ、あ……ぁッ」

声を抑えることさえも頭から弾き飛ばされ、ただ感じるほんの少しの痛みと、蕩けさせられた内側と、胸に膨らみ上がった喜びにミノルはただ善《よ》がる。

強い突き上げに悲鳴じみた声が上がるも、舌を絡ませ合えばそれもくぐもり、互いに甘い吐息をかけ合う。

押し上げられるたびにぽろりぽろりと雫が零れてこめかみに伝う。それを山の神の舌が舐めとり、味を教えるように再び口を重ねた。

「ぁあ、あっ、あっ」

「――はっ……く」

山の神の顔は気を抜けば今にも放ってしまいそうな快感に耐えるために歪み、鼻先から一滴の汗をミノルの肌に落とす。

しっかりと腰を掴む手が強まっていることに、山の神自身はまだ気づいていないのだろう。指先が肌に食い込み少し痛みが生まれる。きっとこれが終わってしまえば痕が残ることだろう。しかし熱に浮かされた身体は、求めてくれている故と知っているからこそ歓喜した。

「ん、あぁ……やま、がみさま、ぁっ」

「ミノル……っ」

もっと、奥まで。もっと熱く。

いつしかミノルのものは穿《うが》たれるたびに蜜を零し、自分の腹を濡らしていく。

腰が勝手に跳ねるあの場所を執拗になぶられ、身体が意識する間もなく深くまで収まる山の神のものを締め付けた。

「ミノル、おれの名を呼べっ」

「……ぁ、んッ……？　山神、さま……っ？」

「違う。おれの名だ。おまえだけが呼ぶことを許される名を」

山の神の言葉を濁った頭で遅れて理解すれば、後はもうそれしか知らぬよう、つがいだけが知る山の神の名をうわごとのように繰り返す。

「んっ、ん、すき、――ぃ、さまっ。すき、だいすき、ですっ」

「ミノル――」

想いばかりが溢れる。山の神の首に回していた腕に力を入れ、ぐいっと引き寄せる。頬を重ね合わせていると、白い獣の耳が涙で揺らめく視界に入った。

首裏に回した腕を少し緩め、真白の頭を抱え込む。ぴんと立ったその耳に、口を開き、傷つけぬよう唇で歯を包みながら食んだ。

過ぎた快感を与えられ続けた身体は、ついに弾ける。

「んッ、んー……っ！」

「くっ」

三度目の絶頂を迎え、咥えていた耳を唇で嚙み全身を強張らせる。ミノルが自分の腹に白濁をかけると、それから少し遅れて中に山の神の精が放たれた。

じわりと中に広がる熱のせいか、まだ銜え込んでいるそれのせいか、それとも満たされた心か、はたまたそのすべてか。

ミノルの身体は精液を力なくだらだらと長く吐き出した。

「はぁ、ぁ……は、っ」

涎にぐっしょりと濡れてしまった耳を離して、胸を浅く上下に動かし、余韻に浸る間もなくひたすらに喘ぐ。ついに体力も限界を迎え、絡めていた足も手も解いて投げ捨てた。

山の神も身体を起こす。だがすぐにまた頭を下ろすと、ミノルの緩くなった口元から溢れた涎で濡れた肌を舐めとり、ついばむような口づけを落とした。

「ん……」

時折ちゅっと音を立てながら、何度も角度を変えては互いに顔を寄せ合う。髪に手を絡ませられ、緩やかに撫でられ。次第に呼吸も少しずつ落ち着いていく。

だが未だ繋がったままのせいか、頭の中が整い始めても熱はなかなか冷めない。

瞼に唇を受けながら、ようやく穏やかな沈黙を破る。

「山神さま……」

ただ、呼びたかっただけだ。また頭を寄せようとしたところで、突然腰を掴まれた。

どうしたのだろうと思い目の前の顔を見つめれば、思わず開きかけた口を噤む。

蒼い瞳が、未だ熱くぎらついていたのだ。そして身体の中にあるものが再びかたく張り詰めていく。

息をのめば、身体を繋げたまま、やや強引に反転させせられる。入ったままのものが中を擦り、油断していたためにミノルは情けない声を上げてしまった。

腰は繋がった一点に支えられてどうにか立っているものの、もう力は入らず上半身は伏せてしまう。肩を下に押しつけられながら、恐る恐る振り返ろうとしたところで、ふと視界の端に変化が起きた。

顔の両脇に置かれた山の神の手。人間のものであるそれが、姿を変えていったのだ。

滑らかだった肌には余すところなく真白の毛が生え、爪が伸び、指が縮んでいく。そして変化と同時に背後の気配も変わっていった。

長い髪の毛が触れていた場所だけでなく、背中も腰も、腿の裏も、どこからともなく伸びた毛先にくすぐられる。

なにより、身体に収まっていた山の神のものが、形を変えていったのだ。

根元が膨らみ、今まで以上に引き伸ばされた縁に多少の痛みが走る。

存在感が増したものに戸惑い、吐く息を震わせた。

「や……なにっ、なん、ですか……？」

「――ミノル」

「きょ、今日は無理です。疲れて、もうっ」

甘えるように鼻先が首裏にすり寄せられるが、けれども疲れ切った身体を抱えたミノルは涙声で首を振る。

横にある手はもはや完全に獣姿に成り代わってい る。それを知ってしまったからこそ、逃げようと前に腰をずらした。しかしこぶができたように膨らんだ根本がひっかかり自力で抜くことができない。

ついに振り返り、狼姿に完全に戻った山の神に直接訴えた。

「や、山神さま、抜いてください」

目尻が舐められる。だが今自分が求めているものはそれじゃないと、はぐらかされてはかなわないと舌から逃げて顔を逸らした。だが追いかけてきた鼻先が今度は耳裏に舌を這わせる。

「すまない、ミノル。これはすぐには抜けない」

「え……」

「どうやらおれの身体は、おまえを孕ませたくて仕方ないようだ」

甘く囁かれ、深く入るもので突き上げられる。


散々揉み込まれた中はまだ柔らかく、身体は限界といっても山の神の異形のものを気を失うことなく受け入れている。苦しいほどに腹は膨らんでいるのに、つらいはずなのに、やがて喉の奥からは拒否の言葉ではなく甘い喘ぎ声が滲み出た。

「だ、め……だめです、山神さま。本当に、もう……ぁ、っ」

「おれとて無理はさせられないと、ゆっくりさせてやるつもりだったのだがな――」

「っあ……!?」

床に散る木の葉を掌に巻き込みながら拳を握り締め、目を見開く。

奥に注がれていく感覚に身を震わせた。しかし、先程より時間をかけてもなかなかそれは終わらない。

「や、あ……なに、どうしてっ」

「おまえのその薄い腹が膨れるまで、注ぎきるまで抜けはしない。もう少し付き合ってくれ」

「あ、あぁ……っ」

ぐりぐりと奥へ押し込まれ腰が跳ねる。そうしている間にも確かに奥に山の神の体液が溜まっていく。

「本当にこれで孕んでしまえばいいのにな――」

「っ、あ、あっ……」

「愛している、ミノル」

「ひあ、あっ――」

首を振っても、抜いてもらえるどころかさらに奥へ押しつけられる。山の神の言葉は本来なら飛び上がるほど嬉しいのに、今は右から左へすり抜けていく。

脇に置かれた白い足に腕を絡ませながら、山の神の身体の下でミノルはただ身を震わせた。


遠くから聞こえた話し声に、ミノルはわずかに意識を浮上させた。


『山神さま。いくらつがいが相手とはいえ、やりすぎです。つがいとの交尾に口出し無用とは存じておりますが、さすがに今回はいただけません。気を失わせるまで致すなど、まさにけだものと罵られても致し方ありませんぞ』

「うむ……すまない。ミノルが、あまりに愛らしく、つい」

呆れた声を出すのはカシコイだ。それに山の神は力なく答えていた。

『ついではございません。人の姿ならまだしも本来のお姿でも楽しまれたようで。つがいになれたことが嬉しいのは十分に理解いたしますが、受け入れるミノルの負担をお考えください。これでは次に拒絶されたとしても我らはミノルの味方をせざるをえません』

「あ、いや……気をつける。だからもしミノルから相談をされたのであれば、その、うまく言ってやってくれないか」

『それは山の神の行い次第と言えましょう。われらは山の神の僕《しもべ》とも言えますが、けだものの主はおりませぬ。いいですか、せめてもう少しミノルが行為に慣れるまで歯を食いしばってでも耐えて、彼に合わせてやらねば、嫌われても文句は言えませせぬぞ』

「う、うむ——それは困る……」

カシコイの説教に耳をしょげさせるその顔が容易に思い浮かび、つい頬が緩む。

もっとも温かく、そして安心できるこの柔らかな白の毛並みの中で、交わされる言葉たちを子守唄に、ミノルは再び静かに穏やかな眠りの中へと戻っていった。

互いに身を寄せ合う山神さまとその花婿どの。そして仲の良いつがいになってほしいと望み小言を言う猪に、なにがなんだかわからず首を傾げる小鳥たち、周りでその様子を見てはくすくすと笑う獣たち。

彼らがいる神樹から離れた場所の、焼け倒れた幹の隙間からは、小さな緑が静かに芽吹き始めていた。

おしまい

あとがき

こんにちは。向梶《むかじ》あうんです。

このたびは『山神さまと花婿どの』をお手に取ってくださり、誠にありがとうございました。

ウェブ掲載していたものを手直しした本作になりますが、修正した箇所も多いので、以前のものをご存じの方でも、少しは新しい気持ちで楽しんでいただけたら幸いです。

山の神の毛にもふっとミノルを埋もれさせることや、べろべろさせることなど、とても楽しく獣と人とを書かせていただきました。

この先、山の神とミノルは、動物たちに見守られ、時々水の神にちょっかいかけられながらも、つがいとして末永くともに過ごしていくことと思います。

イラストは北沢《きたざわ》きょう先生が描いてくださいました。山の神がもふっもふで、獣好きなわたしは大興奮させていただきました！　あの豊かな毛に埋もれて眠りにつきたいです……。獣と人との組み合わせも大好きでして、ラフを拝見した際は、安心しきった表情で

あとがき

山の神に寄り添うミノルがとっても可愛らしく、微笑ましかったです。

人間姿の山の神は別の格好よさがあり、二倍楽しませていただきました。北沢先生、ありがとうございました！

今回、担当さまに大変なご迷惑をおかけしてしまい、大変申し訳ありませんでした……。こうして本にしていただけて、とてもありがたく思います。本作に携わってくださったすべての方々に、心よりお礼申し上げます。

そして『山神さまと花婿どの』をお読みくださった読者の皆さまにも、感謝いたします。本当にありがとうございました。

向梶あうん

初　出

山神さまと花婿どの	商業誌未発表作を加筆修正

はつ恋ほたる

はつこいほたる

宮本れん
イラスト：**千川夏味**
本体価格870円+税

伝統ある茶道の家元・叶家には、分家から嫁を娶るというしきたりがあった。男子しかいない分家の六条家には無関係だと思っていたもののある日本家の次男・悠介から、ひとり息子のほたるを許嫁にもらいたいとの申し出が舞い込んでくる。幼いころ周りの大人に身分違いだと叱られるのも気にせず、なにかと面倒を見てくれた悠介は、ほたるの初恋の人だった。しきたりを守るための形式上だけと知りながらも、悠介にまるで本物の許嫁のように扱われることに戸惑いを隠せないほたるは…。

リンクスロマンス大好評発売中

蒼銀の黒竜妃

そうぎんのこくりゅうひ

朝霞月子
イラスト：**ひたき**
本体価格870円+税

世に名立たるシルヴェストロ国騎士団――そのくせ者揃いな団員たちを束ねる、強さと美貌を兼ね備えた副団長・ノーラヒルデには、傲慢ながら強大な力を持つ魔獣王・黒竜クラヴィスという相棒がいた。竜でありながら人の姿にもなれるクラヴィスと、人間であるノーラヒルデ、種族を越えた二人の間には、確かな言葉こそないものの、互いを唯一大切な存在だと思い合う強い絆があった。そんななか、かつてシルヴェストロ国と因縁のあったベゼラ国にきな臭い動きが察知され、騎士団はにわかに騒がしくなりはじめる。ノーラヒルデは事の真相を探りはじめるが…。

理不尽にあまく

りふじんにあまく

きたざわ尋子

イラスト：千川夏味

本体価格 870 円+税

大学生の蒼葉は、小柄でかわいい容姿のせいかなぜか変な男にばかりつきまとわれていた。そんなある日、蒼葉は父親から、護衛兼世話係をつけ、同居させると言われてしまう。戸惑う蒼葉の前に現れたのは、なんと大学一の有名人・誠志郎。最初は無口で無愛想な誠志郎を苦手に思っていたが、一緒に暮らすうちに、思いもかけず世話焼きで優しい素顔に触れ、甘やかされることに心地よさを覚えるようになった蒼葉は…。

リンクスロマンス大好評発売中

君が恋人にかわるまで

きみがこいびとにかわるまで

きたざわ尋子

イラスト：カワイチハル

本体価格870円+税

会社員の絢人には、新進気鋭の建築デザイナーとして活躍する六歳下の幼馴染み·亘佑がいた。十年前、十六歳だった亘佑に告白された絢人は、弟としか見られないと告げながらもその後もなにかと隣に住む亘佑の面倒を見る日々をおくっていた。だがある日、絢人に言い寄る上司の存在を知った亘佑から「俺の想いは変わっていない。今度こそ俺のものになってくれ」と再び想いを告げられ…。

箱庭のうさぎ《はこにわのうさぎ》

葵居ゆゆ
イラスト：**カワイチハル**
本体価格870円+税

小柄で透き通るような肌のイラストレーター・響太は、中学生の時のある出来事がきっかけで、幼なじみの聖が作ってくれる以外のものを食べられなくなってしまった。そんな自分のためにパティシエになり、ずっとそばで優しく面倒を見てくれている聖の気持ちを嬉しく思いながらも、これ以上迷惑になってはいけないと距離を置こうとする響太。だが聖に「おまえ以上に大事なものなんてない」とまっすぐ告げらて…。

リンクスロマンス大好評発売中

第八王子と約束の恋《だいはちおうじとやくそくのこい》

朝霞月子
イラスト：**壱也**
本体価格870円+税

可憐な容姿に優しく誠実な人柄で、民からも慕われている二十四歳のエフセリア国第八王子・フランセスカは、なぜか相手側の都合で結婚話が破談になること、早九回。愛されるため、良い妃になるため、嫁ぐ度いつも健気に努力してきたフランは、「出戻り王子」と呼ばれ、一向にその想いが報われないことに、ひどく心を痛めていた。そんななか、新たに婚儀の申し入れを受けたフランは、カルツェ国の若き国王・ルネのもとに嫁ぐことになる。寡黙ながら誠実なルネから、真摯な好意を寄せられ、今度こそ幸せな結婚生活を送れるのではと、期待を抱くフランだったが——。

飴色恋膳

あめいろこいぜん

宮本れん

イラスト：**北沢きょう**

本体価格870円+税

小柄で童顔な会社員・朝倉淳の部署には、紳士的で整った容姿・完璧な仕事ぶり・穏やかな物腰という三拍子を兼ね備え、部内で絶大な人気を誇る清水貴之がいた。そんな貴之を自分とは違う次元の存在だと思っていた淳は、ある日彼が会社勤めのかたわら、義兄が遺した薬膳レストランを営みつつ男手ひとつで子供の亮を育てていることを偶然知る。貴之のために健気に頑張る亮と、そんな亮を優しく包むような貴之の姿を見てふわふわとあたたかく、あまい気持ちが広がってくるのを覚え始めた淳は…。

リンクスロマンス大好評発売中

寂しがりやのレトリバー

さみしがりやのレトリバー

三津留ゆう

イラスト：**カワイチハル**

本体価格870円+税

高校の養護教諭をしている支倉誓は、過去のある出来事のせいで誰かを愛することに臆病になり、一夜限りの関係を続ける日々を送っていた。そんなある日、夜の街で遊び相手の男といるところを生徒の湖賀千尋に見られてしまう。面倒なことになったと思うものの、湖賀に「先生も寂しいの？」と聞かれ戸惑いを覚えてしまう支倉。「だったらおれのこと好きになってよ」と縋りつくような湖賀の瞳に、どこか自分と似た孤独を感じた支倉は、駄目だと思いつつ求められるまま身体の関係を持ってしまうが──。

月神の愛でる花
〜蒼穹を翔ける比翼〜

つきがみのめでるはな〜そうきゅうをかけるひよく〜

朝霞月子
イラスト：**千川夏味**

本体価格870円+税

異世界サークィンにトリップした高校生・佐保は、皇帝・レグレシティスと結ばれ、幸せな日々を過ごしていた。臣下たちに優しく見守られながら、皇帝を支えることのできる皇妃となるべく、学びはじめた佐保。そんな中、常に二人の側に居続けてくれた、皇帝の幼馴染みで、腹心の部下でもある騎士団副団長・マクスウェルが、職務怠慢により処分されることになってしまう。更に、それを不服に思ったマクスウェルが出奔したと知り……!?
大人気シリーズ第９弾！　待望の騎士団長＆副団長編がついに登場!!

リンクスロマンス大好評発売中

月神の愛でる花
〜鏡湖に映る双影〜

つきがみのめでるはな〜きょうこにうつるそうえい〜

朝霞月子
イラスト：**千川夏味**

本体価格870円+税

ある日突然、異世界サークィンにトリップした日本の高校生・佐保は、皇帝・レグレシティスと結ばれ幸せな日々を送っていた。暮らしにも慣れ、皇妃としての自覚を持ち始めた佐保は、少しでも皇帝の支えになりたいと、国の情勢や臣下について学ぶ日々。そんな中、レグレシティスの兄で総督のエウカリオンと初めて顔を合わせた佐保。皇帝に対する余所余所しい態度に疑問を抱くが、実は彼がレグレシティスとその母の毒殺を謀った妃の子だと知り……。

溺愛君主と身代わり皇子《できあいくんしゅとみがわりおうじ》

茜花らら
イラスト：**古澤エノ**
本体価格870円+税

高校生で可愛らしい容貌の天海七星は、部活の最中に突然異世界へトリップしてしまう。そこは、トカゲのような見た目の人やモフモフした犬のような人、普通の人間の見た目の人などが溢れる異世界だった。突然現れた七星に対し、人々は「ルルス様！」と叫び、騎士団までやってくることに。どうやら七星の見た目がアルクトス公国の行方不明になっている皇子・ルルスとそっくりで、その兄·ラナイズが迎えに現れ、七星は宮殿に連れて行かれてしまった。ルルスではないと否定する七星に対し、ラナイズはルルスとして七星のことを溺愛してくる。プラチナブロンドの美形なラナイズにドキドキさせられ複雑な心境を抱えながらも、七星は魔法が使えるというルルスと同じく自分にも魔法の才能があると知り……。

リンクスロマンス大好評発売中

初恋にさようなら《はつこいにさようなら》

戸田環紀
イラスト：**小椋ムク**
本体価格870円+税

研修医の恵那千尋は、高校で出会った速水総一に十年間想いを寄せていたが、彼の結婚が決まり失恋してしまう。そんな傷心の折、総一の弟の修司に出会い、ある悩みを打ち明けられる。高校三年生の修司は、快活な総一と違い寡黙で控えめだったが、素直で優しく、有能なバレーボール選手として将来を嘱望されていた。相談に乗ったことをきっかけに毎週末修司と顔を合わせるようになったが、総一にそっくりな容貌にたびたび恵那の心は掻き乱され、忘れなくてはいけない恋心をいつまでも燻らせることとなった。修司との時間は今だけだ——。そう思っていた恵那だが、修司から「どうしたらいいのか分からないくらい貴方が好きです」と告白され……？

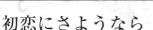

喪服の情人《もふくのじょうじん》

高原いちか
イラスト：**東野 海**
本体価格 870 円+税

透けるような白い肌と、憂いを帯びた瞳を持つ青年・ルネは、ある小説家の愛人として十年の歳月を過ごしてきた。だがルネの運命は、小説家の葬儀の日に現れた一人の男によって大きく動きはじめる──。亡き小説家の孫である逢沢が、思い出の屋敷を遺す条件としてルネの身体を求めてきたのだ。傲慢に命じてくる逢沢に喪服姿のまま乱されるルネだが、不意に見せられる優しさに戸惑いを覚え始め……。

リンクスロマンス大好評発売中

溺愛社長の専属花嫁《できあいしゃちょうのせんぞくはなよめ》

森崎結月
イラスト：**北沢きょう**
本体価格870円+税

公私共にパートナーだった相手に裏切られ、住む家すら失ったデザイナーの千映は、友人の助けで「VIP 専用コンシェルジュ」というホストのような仕事を手伝うことになった。初めての客は、外資系ホテル社長だという日英ハーフの柊木怜央。華やかな容姿ながら穏やかな怜央は、緊張と戸惑いでうまく対応できずにいた千映を受け入れ、なぐさめてくれた。怜央の真摯で優しい態度に、思わず心惹かれそうになる千映。さらに、千映の境遇を知った怜央に「うちに来ないか」と誘われ、彼の家で共に暮らすことになる。怜央に甘く独占されながら、千映は心の傷を癒していくが──。

LYNX ROMANCE

小説原稿募集

リンクスロマンスではオリジナル作品の原稿を随時募集いたします。

募集作品

リンクスロマンスの読者を対象にした商業誌未発表のオリジナル作品。
（商業誌未発表のオリジナル作品であれば、同人誌・サイト発表作も受付可）

募集要項

＜応募資格＞

年齢・性別・プロ・アマ問いません。

＜原稿枚数＞

４５文字×１７行（１枚）の縦書き原稿、２００枚以上２４０枚以内。
※印刷形式は自由。ただしＡ４用紙を使用のこと。
※手書き、感熱紙不可。
※原稿には必ずノンブル（通し番号）を入れてください。

＜応募上の注意＞

◆原稿の１枚目には、作品のタイトル、ペンネーム、住所、氏名、年齢、電話番号、メールアドレス、投稿（掲載）歴を添付してください。
◆２枚目には、作品のあらすじ（４００字～８００字程度）を添付してください。
◆未完の作品（続きものなど）、他誌との二重投稿作品は受付不可です。
◆原稿は返却いたしませんので、必要な方はコピー等の控えをお取りください。
◆１作品につき、ひとつの封筒でご応募ください。

＜採用のお知らせ＞

◆採用の場合のみ、原稿到着後６カ月以内に編集部よりご連絡いたします。
◆優れた作品は、リンクスロマンスより発行させていただきます。
原稿料は、当社既定の印税でのお支払いになります。
◆選考に関するお電話やメールでのお問い合わせはご遠慮ください。

宛先

〒151-0051
東京都渋谷区千駄ヶ谷４−９−７
株式会社　幻冬舎コミックス
「リンクスロマンス　小説原稿募集」係

この本を読んでの
ご意見・ご感想を
お寄せ下さい。

〒151-0051
東京都渋谷区千駄ヶ谷4-9-7
(株)幻冬舎コミックス　リンクス編集部
「向梶《むかじ》あうん先生」係／「北沢《きたざわ》きょう先生」係

リンクス ロマンス

山神さまと花婿どの

2017年5月31日　第1刷発行

著者……………向梶《むかじ》あうん
発行人…………石原正康
発行元…………株式会社　幻冬舎コミックス
〒151-0051　東京都渋谷区千駄ヶ谷4-9-7
TEL 03-5411-6431（編集）
発売元…………株式会社　幻冬舎
〒151-0051　東京都渋谷区千駄ヶ谷4-9-7
TEL 03-5411-6222（営業）
振替00120-8-767643
印刷・製本所…株式会社　光邦
検印廃止

ISBN978-4-344-83996-0 C0293
Printed in Japan

幻冬舎コミックスホームページ　http://www.gentosha-comics.net